홀 로 즐 기 는 행 복

낙센

Niksen.

야마모토 나오코 글

김대환 옮김

잇북
itBOOK

행복한 인생을 보내기 위한 기술

당신이 마지막으로 '아무것도 하지 않았던 때'는 언제입니까?

다음 스케줄이나 해야 할 일을 생각하지 않고 한가롭게 지낼 수 있었던 시간.

어쩌면 아주 먼 과거로 거슬러 올라가는 사람도 있을지 모릅니다.

'아무것도 하지 않는 것'을 네덜란드어로는 'Niksen(닉센)'이라고 합니다.

아무것도 하지 않고, 아무것도 새롭게 만들어내지 않는 것.

의무감이나 생산성으로부터 자유로워져서 그냥 멍때리고 있는 것.

주변의 네덜란드인들에게도 한번 물어봤습니다.

"당신은 평소에도 닉센을 하나요?"

그러자 대부분이 의외의 대답을 했습니다.

"아니, 전혀 하지 않는데요."

"난 닉센할 수 없는 사람이에요."

"아무것도 하지 않는 게 더 어려워요."

그렇다면 날씨가 화창한 날에 아무것도 하지 않고 공원에 누워 있거나, 카페에서 유유자적하게 맥주를 마시고 있는 사람들은 뭘까요……?

좀 더 자세히 이야기를 나누어보니,

"아아, 주말에는 아무것도 하지 않아요."

"금요일 밤에는 일찌감치 집에 돌아가서 빈둥빈둥."

"날씨가 좋은 날에는 마당에 의자를 내놓고 일광욕을 즐겨요."

웬걸 실제로는 많은 사람이 닉센하고 있었습니다.

자신들은 모르고 있는 듯하지만, 네덜란드인의 일상생활 속에는 많은 닉센이 녹아들어 있었습니다.

이 네덜란드발 닉센이 《뉴욕타임즈》에 소개되자마자 미국과 유럽의 언론 매체들이 연이어 닉센에 대해 다루기 시작했습니다.

즉, 한 시기와 한 시대를 풍미한 덴마크의 '휘게'(행복하게 즐기는 시간)나 스웨덴의 '라곤'(어떤 일이든 적당히)과 같은 북유럽의 라이프 스타일을 대체하는 네덜란드발 휴식법으로 주목받기 시작았다는 뜻입니다.

　나도 일본의 언론 매체에 '닉센'을 소개했더니 "나에게는 닉센이 필요해!"라는 목소리가 사방에서 들려와 '다들 너무 지쳐 있구나……'라고 새삼 느끼게 되었습니다.

　네덜란드는 OECD의 '일과 생활의 균형work-life balance(워라밸) 랭킹'에서 전 세계 1위를 차지했고(2019년), UN의 '세계 행복지수 랭킹'에서도 전 세계 5위(2019년), 유니세프의 '아동 행복지수 랭킹'에서도 1위(2013년)에 빛나는 행복한 나라입니다.

　국민의 생활 만족도가 대체로 높은 것은 닉센할 수 있는 사회 환경도 영향을 주고 있는 것은 아닌가 싶습니다.

　그건 그렇다 치고 '아무것도 하지 않는다'니 어떻게……!?

　그렇습니다.

　특히 우리 주위엔 이미 '아무것도 하지 않는 것'을 할 수 없게 되어버린 사람이 많습니다.

　실제로 무언가로 바쁜 우리에게 아무것도 하지 않고 멍때리고 있는 것만큼 어려운 것도 없습니다.

하지만 닉센이 멍하니 창밖을 바라보는 것만은 아닙니다.

걷거나, 목욕하거나, 편한 친구와 빈둥거리거나, 사무실 계단을 오르내리는 것도 닉센이 됩니다.

이 책에서는 '닉센이란 무엇인가' '닉센에는 어떤 효과가 있는가'를 해설한 후에 네덜란드인의 생활 속에서 엿볼 수 있는 '닉센의 실례'를 소개합니다.

네덜란드인의 생활은 나쁘게 말하면 지나치게 한가롭고 무책임합니다.

반대로 좋게 말하면 '여유'가 있습니다.

조금은 도가 지나치다는 느낌이 있는 우리의 생활과는 어떤 의미에서는 정반대에 있는 세상입니다.

그러나 닉센은 때와 장소를 가리지 않고, 또 혼자서도 실천할 수 있기 때문에 괜한 노력이나 준비를 할 필요가 없고, 분주한 우리의 일상생활에도 무리 없이 적용할 수 있습니다.

싱글 맘으로 두 아이를 키우면서 네덜란드에서 살고 있는 나도 일과 가사, 육아로 정신없이 바쁜 하루를 보내고 있지만, 의식적으로 닉센하게 된 뒤로 하루하루의 생활이 한결 조용하고 단순해져서 중요한 일에 집중할 수 있게 되었습니다.

일과 육아, 사회생활을 너무나 열심히 하는 현대인이 조금이라도 의식적으로 닉센을 받아들임으로써 사고가 여유로워질 수 있다면 좀 더 많은 사람이 릴렉스하여 마음의 안정을 되찾고 중요한 일에 시간이나 노력을 집중시킬 수 있지 않을까요?

닉센은 '바빠도 행복하게' 살기 위해 중요한 인생의 기술입니다.

야마모토 나오코

이렇게 개방적이 될 수 있다면
얼마나 멋질까?
네덜란드인들은 일하면서
잘 쉬는 방법을 알고 있다!

차례

II

타인과 비교하지 않는 시간을 만든다

–자기 기준이 있으면 더는 소모하지 않는다

III

이렇게 나는 느긋하게 산다

- 휴식의 달인인 네덜란드인의 일상

IV

바캉스로 텅 비운다

– 마음속 깊은 곳에서부터 릴렉스한다

V

너무 애쓰지 않는 인간관계

– 수고와 비용과 허세는 금물

I

'아무것도 하지 않는 것'은 행복한 인생에 필수

– 닉센은 행복을 불러온다

'매일 스케줄이 너무 빡빡해서 그걸 다 소화하는 게 고 작이야.'

'늘 의무감에 쫓기느라 정신적인 피로가 풀리지 않아.'

'쉬는 날에도 뭔가를 해야 한다고 생각하게 돼.'

이런 고민을 안고 있는 사람이 의외로 많습니다.

스케줄이나 의무감에 사로잡혀서 스트레스로 가득한 생활을 보내는 동안 우리의 심신은 썩어들어갑니다.

그런 우리에게 필요한 것이 '닉센'입니다.

스케줄이나 생산성에서 자신을 해방시키고 의식적으로 '아무것도 하지 않는 것'을 실천하는 것입니다.

이번 장에서는 여러분이 죄책감을 갖지 않고 '아무것도 하지 않는 것'을 실천할 수 있도록 닉센의 효과와 자신의 생활에 도입하는 방법을 소개합니다.

자신을 해방시켰습니까?

우리의 생활은 기술의 진보로 매우 편리해졌지만, 동시에 모든 것이 너무 빠른 속도로 진행되어 전보다 더 바빠졌습니다.

매일 빡빡한 스케줄에 정신이 없다면서 잠깐 짬이 나는 시간에는 스마트폰을 들여다봅니다.

그러면 새로운 메시지가 도착해서 새로운 일이 늘어납니다.

바로 답장을 보내고 그 답장에 대한 답장을 받고, 또 답장을 보내고……

편리해진 것 같은데 실제로는 옛날보다 스스로 해야 할 일도 늘어났습니다.

예를 들면 마트의 자율계산대.

내가 사는 네덜란드에서는 대부분의 마트에 자율계산대가 도입되어 있는데 상품을 손님이 직접 스캔해서 은행 직불카드로 자동 결제하는 시스템입니다.

또 여행 계획을 짤 때도 항공권 예매와 체크인 등을 전에는 다른 사람에게 맡겼는데 지금은 전부 자신의 손으로 직접 합니다.

물론 직접 하는 것이 빠르고 쉬울 뿐만 아니라 기다리느라 받는 스트레스를 줄여주었다고 생각하지만, 왠지 모르게 릴렉스

할 수 있는 시간은 줄어든 기분이 듭니다.

매일 쏟아져 들어오는 정보의 양도 압도적으로 늘어났습니다.

등록해놓은 복수의 뉴스 사이트와 소셜 네트워크 서비스 (SNS)에서 공유되는 뉴스로 우리는 정보의 홍수 속을 헤엄쳐 다니고 있는 듯합니다.

한 조사에 따르면 미국인이 하루에 접하는 정보의 양이 2011년 시점에서 1986년보다 다섯 배 늘어났다고 합니다.

신문지로 하면 175장만큼이나 늘어난 셈입니다.

그중에는 자기도 모르게 공유하고 싶어지는 멋진 기사도 있지만, 확산만을 목적으로 한 듯한 자극적인 타이틀의 내용이 거의 없는 정보나 욕설과 비방 등도 난무하여 우리는 그런 것에 옛날보다도 더 쓸데없이 시간을 낭비하고 있는 것입니다.

이래서는 피곤하지 않을 수가 없겠죠.

바쁘게 돌아가는 생활 속에서 한숨 돌리며 자신의 몸과 마음에 귀를 기울이거나 자신을 돌아보는 여유도 없는 나날.

우리 주위에는 점점 '번아웃 증후군(한 가지 일에 몰두하던 사람이 정신적 육체적으로 극도의 피로를 느끼고 이로 인해 무기력증, 자기혐오, 직무 거부 등에 빠지는 증상)'이나 불안장애, 스트레스에서 오는 질환에 시달리는 사람이 늘어나고 있습니다.

이것은 전 세계에 공통적으로 나타나는 징후입니다.

네덜란드에서도 업무상의 스트레스에 의한 번아웃 증후군이 늘어나고 있기 때문에 '닉센'이 그 대처법으로서 상담이나 코칭 등에 활용되고 있습니다.

가장 효과적인 닉센은 밤에 푹 자는 것이지만 낮에도 활동 후에 잠시 닉센의 시간을 갖는 것이 좋습니다.

그 시간을 내기 위한 방법으로는 우선 해야 할 일을 줄이는 것부터 시작된다고 합니다.

아무것도 하지 않는다.

다음 스케줄을 생각하거나 이것저것 고민하지 말고, 자신이 안고 있는 문제를 일단 제쳐두고 마음을 무의식의 세계에서 떠다니게 한다.

매일 잠깐의 시간이라도 의식적으로 생산성이나 의무감으로부터 자신을 해방시키면 스트레스가 줄어들어 번아웃을 방지하거나, 면역력을 높이는 등의 효과가 있습니다.

시간을 자유롭게 컨트롤한다

🚩

"저는 닉센을 완벽하게 할 수 있습니다. 책도 음악도 아무것도 필요하지 않습니다. 의자에 앉아 멍때리고 있는 것이 제 주특기이니까요."

저널리스트 겸 카피라이터인 호프 배커 씨의 말입니다.

그는 대학 졸업 후 암스테르담의 대형 광고회사에서 카피라이터로 근무했는데 '회사에서는 일벌레처럼 일하는 것에 비해 생산성이 너무 낮다'는 것을 깨닫고 프리랜서로 전향했습니다.

지금은 아침 8시쯤 일을 시작해서 오후 1시에는 일을 마칩니다.

회사에서 근무하던 때는 여덟 시간을 근무하고 출퇴근 시간으로 두 시간이 걸렸지만, 업무량은 지금과 비슷했다고 합니다.

그는 '오전에는 일, 오후에는 자기 시간'으로 정해놓고 오후에는 근처 스낵바(가볍게 먹고 마실 수 있는 간이식당)에서 보냅니다.

좋아하는 음식을 먹으면서 오가는 사람들을 멍하니 바라보는 것입니다.

그의 곁을 지나가는 근처 회사의 엘리트 샐러리맨이 '정말 편하게 산다!'고 조롱 섞인 시선으로 쳐다봐도 그는 전혀 개의치 않습니다.

오히려 일에 파묻혀버린 그 샐러리맨의 생활을 불쌍하게 생각할 정도입니다.

한편 로브 주또 씨는 시청에 근무하는 공무원입니다.

그는 주 3일 근무로 근무를 하지 않는 4일간은 오로지 취미인 베이스기타만 연주하며 닉센합니다.

그의 생활은 베이스기타를 중심으로 돌아가고 있고, 자신의 취미 생활을 즐기며 먹고살 수 있을 정도의 수입만 있으면 만족하는 것입니다.

작년, 자신의 생일 때는 행복센터의 무대를 빌려 밴드 연주회를 열었습니다.

그의 생일을 축하하기 위해 모인 가족과 친구들은 끝을 모르고 이어지는 연주회에 질려 테이블에 선물을 놔둔 채 돌아가 버렸다고 합니다.

그래도 로브 씨는 상관없다는 표정.

생일은 평소 연습해온 자신의 연주 실력에 스스로 도취되는, 로브 씨에게는 멋진 하루였던 셈이죠.

이웃인 존 커멜링 씨도 닉센을 잘하는 사람 중 한 명입니다.

그는 네덜란드의 유명한 건축가인데, 그의 집 입구에 있는 계단에 앉아 일광욕을 즐기며 아내와 커피를 마시거나 정원의 잔디를 깎거나 토끼를 돌보면서 닉센하고 있는 모습을 종종 봅니다.

"장작을 패거나, 자전거를 조립하거나, 몸을 움직여 무언가를 만드는 것도 닉센이 되지요."

그의 새로운 아이디어는 음악을 들으면서 릴렉스한 분위기 속에서 생긴다고 합니다.

앞에서 예로 든 세 닉센 베테랑에게 공통된 것은 인생의 우선순위를 두고 스스로 자신의 시간을 컨트롤하는 것입니다.

일하는 시간을 길게 하면 수입도 늘어나겠지만, 그것은 '여기까지'라고 스스로 선을 긋고 그다음은 닉센할 수 있는 시간을 중요시하고 있습니다.

그리고 주위 시선을 너무 의식하지 않고 '자기 기준'을 관철하는 것도 닉센에는 필요하다는 것을 가르쳐줍니다.

닉센이 어떤 것인지 조금은 보이기 시작했나요?

'아무것도 하지 않는 것'을 실천하자

"자, 그럼 닉센합시다!"

이런 말을 들어도 바쁜 하루하루를 보내는 우리에게 '아무것도 하지 않는 것'만큼 어려운 것도 없습니다.

도대체 어떻게 하면 될까요?

전형적인 닉센의 예는 창밖을 바라보는 것.

당신은 오늘 창밖을 보았습니까?

하늘은 어떤 색이었습니까?

구름은 어떤 모양을 하고 있었습니까?

사무실 창으로 보이는 풍경은 별로 아름답지 않을지도 모르지만, 일하는 중간중간 반드시 2, 3분 정도는 창밖을 바라봅시다.

그것만으로도 자율신경이 안정된다고 합니다.

동료가 "뭘 그렇게 넋을 놓고 있어?"라고 물어오면 이렇게 대답합니다.

"닉센하고 있는 거야."

환경이 허락한다면 소파에 누워 좋아하는 음악을 듣는 것도 닉센입니다.

마음이 안정되고, 꽤 릴렉스할 수 있습니다.

수건이나 숄을 머리에 뒤집어쓰고 1분간이라도 자신을 외계로부터 차단시킨 채 '아무것도 하지 않는 것'을 강제하는 것도 효과적입니다.

"이렇게까지 아무것도 하지 않는 것이 좀 어려워······."라고 말하는 사람도 있을지 모릅니다.

하지만 걱정할 필요 없습니다.

닉센은 '무언가를 하면서'도 할 수 있습니다.

그러나 그 '무언가'는 머리를 비우고 마음을 무의식의 세계에서 떠다니게 해야 합니다.

예를 들어 설거지, 청소, 빨래 개기······ 등의 집안일.

또는 반자동으로 할 수 있는 단순 작업.

정원 일을 하거나, 식물에 물을 주는 등, 아무 생각 없이 할 수 있는 일.

집중력이 필요하지 않은 일이나 자전거 타기 등도 효과적입니다.

책을 읽는 것도 닉센의 한 종류입니다.

그러나 정보를 얻기 위해 집중해서 읽는 책이 아니라 소설 같은 가볍게 읽을 수 있는 책이 좋겠죠.

책을 읽는 동안 이야기 속으로 들어가 이따금 책에서 떨어져 공상의 세계에서 놀거나 마음이 방황하는 것을 가능하게 하는 것입니다.

그리고 아무 신경이 쓰이지 않는 가족이나 친구와 시간을 보내는 것도 뇌를 쉬게 하는 데 도움이 된다고 합니다.

요컨대 자신에게 기분이 좋고, 즐겁고, 호흡이나 심박수가 안정되어 마음의 중심에서부터 쉴 수 있도록 궁리하는 것입니다.

여러 가지 방법이 있지만, 모든 사람에게 맞는 닉센이라는 것은 존재하지 않습니다.

우선은 여러 가지 닉센을 시험해보고, 자신에게 맞는 쾌적한 방법을 찾아봅시다.

'머리를 텅 비우는' 연습을 한다

닉센은 익숙해질 때까지 기분이 나쁩니다.

그래서 처음에는 연습이 필요합니다. 운동을 시작했을 때 처음에 느끼는 근육통처럼 처음에는 '통증'을 동반할지도 모르지만, 익숙해져서 습관이 되면 '기분 좋다'고 느낄 수 있게 됩니다.

번아웃 증후군에 대한 코칭을 제공하는 'CSR 센터'의 매니징 디렉터 캐롤린 해밍 씨는 우선 스케줄을 정리하고 수첩에 '공백의 시간'을 만드는 것을 권하고 있습니다.

그리고 이 시간을 닉센으로 채웁니다.

매일 수 분간부터 시작해 차츰 하루에 10분간, 1주일에 수 시간……과 같은 식으로 시간을 늘려가는 것이 효과적이라고 합니다.

내가 실천하고 있는 것은 시계의 알람을 활용하여 일하는 시간을 구분하는 것입니다.

25분간 집중하고, 5분간 아무 생각 없이 쉰다.

밖에 나가면 시간이 걸리기 때문에 창밖의 새를 바라보거나 반자동으로 연주하는 피아노 곡을 연주하거나.

커피를 천천히 타거나 아무 생각 없이 빨래를 개는 것도 머리를 비우는 데 도움이 됩니다.

우선은 호흡 등에 집중하면서 지금 이 순간을 깊게 음미하는 '마인드풀니스'와 같은 느낌으로 들어가는데, 그러는 사이에 무의식의 세계에서 생각이 떠다니게 되면 그것이 닉센 상태입니다.

닉센을 하기 쉬운 환경을 갖추는 것도 한 가지 방법입니다.

소파 근처에 오디오 세트를 놓거나, 밝은 조명을 조금 어둡게 하여 따뜻한 빛으로 바꾸거나, 창가에 의자를 놔두거나, 책상 위에 식물을 놔두거나…….

카우치 위에 푹신한 쿠션이나 모포를 깔고 쉴 때 무심코 누울 수 있는 장소를 만드는 것도 좋습니다.

네덜란드의 회사 중에는 사무실에 닉센이나 메디테이션(명상, 묵상)을 할 수 있는 방을 설치한 곳도 있습니다.

어둑어둑한 방에 편안한 의자나 쿠션을 놓거나, 식물이나 책을 놔두거나, 해먹을 달아놓거나…….

일하는 틈틈이 닉센하고, 다시 집중해서 일로 돌아가기 위한 궁리라 할 수 있습니다.

캐나다의 마길 대학에서 심리학, 음악, 신경과학을 연구하는 다니엘 레비틴 교수에 의하면 머릿속을 비우기 위해 유념해야 할 것을 줄이는 것도 효과적이라고 합니다.

예를 들어 열쇠나 스마트폰, 안경 등, 어디에 두었는지 자주 까먹고 찾아다니는 물건은 늘 정해진 곳에 둡니다.

그리고 스케줄을 모두 수첩이나 'To Do List(해야 할 일 목록)'에 기입하여 머리로 기억하는 수고를 줄이는 것도 뇌에 미치는 부담을 덜어줍니다.

거기엔 누군가와 약속을 잡기 위한 메일을 보낼 일이나 나중에 검토해야 할 일 등, 뭐든지 다 적어둡니다.

물론 리스트에는 '닉센한다'는 것도 잊지 말고 적어두어야 합니다!

릴렉스하는 것은 면역력도 높여준다

닉센하면 왜 스트레스가 줄고 면역력이 높아지는 걸까요?

하버드 의과 대학에서 정신의학을 연구하는 스리니 필레이 조교수에 의하면 멍때리며 뇌를 쉬게 하는 것에 의해 스트레스 반응을 일으키는 원인인 뇌 내의 '편도체'가 기능하지 않아 기분이 안정되는 것이라고 합니다.

그는 집중하지 않는다는 뜻의 '언포커스(비집중)'라는 용어를 사용하여 이것을 권유하고 있는데, 이것은 '닉센'과 같은 것을 의미하고 있습니다.

이때 편도체의 활동을 억제하고 있는 것이 '세로토닌'이라는 신경전달물질입니다.

이것은 자율신경을 안정시키고 마음을 가라앉혀 긍정적인 기분이 들게 하는 '행복 호르몬'이라 불리고 있습니다.

릴렉스하면서 음악을 듣거나 창밖을 멍하니 바라보는 것만으로도 이 세로토닌이 분비되어 자율신경이 안정되는 것이라고 합니다.

자율신경이 안정될 때의 장점은 많은 의사가 설명한 바 있습니다.

자율신경은 혈관, 심장, 폐 등의 내장기관과 연결되는 신경으로 내장기관의 움직임이나 호흡 등, 우리의 무의식적인 활동을 관장하고 있습니다.

또 자율신경은 혈관에도 영향을 주기 때문에 우리의 신체를 만드는 세포 하나하나에 산소나 영양의 공급에도 관여합니다.

혈액은 병원균이 체내로 들어왔을 때 그것과 싸우는 면역세포를 운반하기 때문에 신체의 면역력에도 영향을 줍니다.

게다가 세로토닌은 장내에 많이 존재하기 때문에 장내환경과도 깊이 관련되어 있다고 합니다.

시간에 쫓기지 않고 변좌에 느긋하게 앉아 릴렉스할 수 있으면 '볼일'을 시원하게 볼 수 있다고 느끼는 분도 많지 않습니까?

장내에는 병원균이나 바이러스와 싸우기 위한 면역세포도 결집해 있기 때문에 장내환경을 안정시키는 것은 면역력을 강화하는 것이기도 합니다.

즉, 하루의 바쁜 일상 속에서 때때로 닉센하는 것은 세로토닌을 분비시키고, 혈액을 맑게 하고, 면역력을 높여 질병을 예방하는 데 도움이 됩니다.

'무無의 상태'가 크리에이티브를 만든다

스트레스를 줄이고 면역력을 높이는 것 외에 닉센에 의해 '창의력'이 쉽게 발휘되는 것도 다양한 연구에서 보고되고 있습니다.

멍하니 설거지를 하거나, 샤워할 때 좋은 아이디어가 떠올랐던 경험은 많은 분이 겪어봤을 것입니다.

'아르키메데스의 원리'나 유카와 히데키 박사의 '중간자론' 등은 목욕탕에서 이루어진 위대한 발견으로 알려져 있는데, 목욕할 때의 릴렉스가 좋은 인스피레이션Inspiration(창조적인 일의 계기가 되는 번뜩이는 착상이나 자극, 영감)으로 연결된다는 것을 나타내고 있습니다.

아무한테도 방해받지 않고 느긋하게 쉴 수 있는 공간에서는 닉센을 쉽게 할 수 있습니다.

네덜란드인 사이에서도 "당신의 닉센은 무엇입니까?"라는 질문에 대해 '샤워'라고 대답하는 사람이 꽤 많습니다.

행복하기 위한 사회환경을 연구하고 있는 에라스무스 대학의 루트 빈호벤 교수에 의하면 우리가 '아무것도 하지 않는' 동안에도 뇌는 계속 활동하고 있습니다.

그러므로 멍때리고 있는 것으로 뇌 내의 처리능력에 여유가 생겨 해결되지 않은 문제가 처리되고, 갑자기 좋은 아이디어가 떠오르곤 하는 것이라고 합니다.

이 멍때리고 있을 때의 뇌의 활동은 '디폴트 모드 네트워크'라 불리고 있고, 뇌가 기억의 단편을 연결시키거나 정보를 정리하는 것에 도움이 된다고 합니다.

자신의 과거, 현재, 미래를 연결시켜 '자신을 놓치지 않기 위한 시스템'이라고도 불리고 있습니다.

희한하게도 이 상태에 있을 때의 뇌는 집중해서 일에 몰두하고 있을 때보다도 광범위한 범위에서 활발하게 활동하는 모습을 보입니다.

오히려 문제에 악착같이 매달려 있는 상황이 실은 스트레스를 높이고 창조성을 떨어뜨린다는 것이죠.

그러므로 멍하니 '아무것도 하지 않는 것'에 죄책감을 느낄 필요는 없습니다.

뇌는 그동안에도 충분히 활동하고 있기 때문입니다.

물론 정보를 받아들이거나 문제해결에 몰두하는 시간도 필요하지만, 정체 상태에 빠지거나 지쳤다고 느꼈을 때는 망설이지 말고 닉센을 시도해봅시다.

바쁜 때일수록 효과가 있다

앞에서 말한 빈호벤 교수에 따르면 닉센은 바쁜 사람일수록 효과가 높다고 합니다.

그의 연구에서는 '행복'과 '활동'은 정비례의 관계에 있습니다.

행복이 행동을 촉구하고, 행동이 행복을 가져온다는 것입니다.

따라서 한가한 사람보다 바쁜 사람이 행복을 더 느끼는 것이 사실이지만, 전혀 쉬지 않고 활동만 하다 보면 시간에 쫓겨 스트레스나 피로가 쌓입니다.

그래서 닉센으로 효과적으로 쉬는 것이 행복의 열쇠가 되는 것입니다.

닉센에 의해 문제의 해결법을 찾을 수 있거나, 생산성을 높일 수 있고, 충실감과 행복감을 쉽게 얻을 수 있습니다.

'행복'과 '활동'의 관련성에 대해서는 국가 수준에서도 나타납니다.

빈호벤 교수의 조사에 따르면 대체로 생활 템포가 빠른 국가에서 국민의 행복지수가 높다는 결과가 나왔습니다.

1위는 덴마크로 0~10의 범위에서 8.5.

네덜란드는 7.6으로 12위입니다.

한편 일본은 생활 템포가 꽤 빠른데도 국민의 평균적인 행복지수는 대상 81개국 중 53위.

점수는 6.1로 선진국 중에서는 상당히 낮은 수준입니다.

일본의 행복지수가 낮은 점에 대해서는 효과적인 휴식을 취하지 못하는 것도 있다고 생각하는데, 빈호벤 교수는 "집단적 문화와 관계가 깊다."고 지적하고 있습니다.

자신의 인생이 부모 등 주변 사람에 의해 정해지는 측면이 강하고, 자신에게 맞는 인생을 보내지 못할 가능성이 높아진다는 것입니다.

예를 들어 일이나 결혼 상대.

우리는 위의 두 가지를 스스로 정하기보다도 사회, 즉 주변의 시선에 신경 쓰는 경향이 있습니다.

그에 비해 네덜란드와 같은 개인주의적인 사회에서는 자신에게 맞는 삶의 방식을 스스로 정하는 경우가 많습니다.

과거 50년 동안의 데이터를 살펴보면 많은 선진국에서 행복지수가 높아진 반면에 일본의 평균적 행복지수는 거의 변화가 없다고 합니다.

그러나 일본도 서서히 개인주의로 바뀌고 있고, 이것이 "장기적으로는 행복지수를 높여준다."고 빈호벤 교수는 예상하고 있습니다.

행복의 요인은 많다고 생각하지만, 그중에서 '바쁨과 휴식의 균형이 잡혀 있는 것'과 '자신의 인생을 스스로 정할 수 있는 것'이 매우 중요합니다.

그리고 이 두 가지는 밀접하게 연관되어 있기도 합니다.

자신을 여러 가지 것들로부터 해방시키고 닉센하는 데도 다른 사람의 시선을 신경 쓰지 않는 '자기 기준'이 요구되기 때문입니다.

'자기 기준'이란 스스로 자신의 인생을 정하기 위한 '축軸'과 같은 것입니다.

'오늘 일은 여기까지.'라고 선을 긋고 "먼저 퇴근하겠습니다."라고 귀가하거나 아이와 보내는 시간을 우선시하여 육아 휴직을 신청하거나, 다른 사람과의 교제에서 너무 무리하지 않도록 하는 것을 가능하게 하는 축입니다.

자기 기준이 있으면 자신의 몸과 마음을 소중히 여기며, 자신이 소중하다고 생각하는 것에 시간과 노력을 분배할 수 있게 됩니다.

편의점이 없는 거리, 조용한 밤

'어? 편의점이 없잖아!?'

네덜란드에 와서 살기 시작했을 때 내가 처음에 생각한 것이었습니다.

언제든지 따뜻한 간식거리와 도시락, 과자, 음료수, 잡지, 문방구 등을 살 수 있는 데다 은행 업무와 항공권 수취, 각종 공과금 납부, 택배 수배까지 24시간 풀 서비스를 제공해주는 일본의 편의점.

수도권에서는 200미터마다 심야에도 휘황찬란하게 백색의 불빛을 내뿜고 있지만, 네덜란드에서는 수도 암스테르담에서도 편의점을 찾아볼 수 없습니다.

거리에서 이따금 볼 수 있는 '나이트숍'이라는 심야 영업 매점은 주로 '심야족'이 간식거리나 음료수를 사러 오는 곳으로 일본의 편의점과는 다릅니다.

편의점이 없는 것에 더해 레스토랑이나 슈퍼마켓을 제외한 대부분의 상점은 저녁 6시에는 문을 닫습니다.

모두 일을 마치면 쏜살같이 집으로 돌아가서 6시에는 가족과 식탁을 둘러싸고 있기 때문에 편의점이 출점할 자리가 없는 것입니다.

편의점이 없는 생활은 처음엔 왠지 허전하고, 불편하고, 지루하다고 생각했지만, 익숙해지자 별로 신경 쓰이지 않게 되었습니다.

오히려 편의점이 없기 때문에 야간 쇼핑을 포기하게 되어 닉센할 수밖에 없는 조용한 밤이 쾌적하게 여겨질 정도입니다.

최근에는 많은 네덜란드의 도시에서 일요일에도 문을 여는 가게가 있습니다만, 몇 년 전까지만 해도 대부분의 가게가 문을 닫았습니다.

'일요일에 가게가 문을 닫다니, 도대체 뭘 하면 되지?'라고 멘붕에 빠진 나를 거들떠보지도 않고, 네덜란드인들은 숲을 산책하거나 커피를 마시며 유유자적하게 얘기를 나누면서(카페는 문을 열었다) 정말이지 한가한 일요일을 보내는 것이었습니다.

지금은 일요일 쇼핑이 네덜란드에서도 일상이 되었습니다.

거리는 활기차고 일요일 활동의 선택지는 넓어지고 가게 매출은 올라갔지만, 동시에 일요일에도 일하는 사람이 늘어나고, 거기에 소비되는 비용이나 에너지도 늘어났습니다.

편의점에서 편리한 생활을 추구하는 이면에도 이처럼 노동력이나 에너지가 소비되며 다양한 닉센을 방해하는 요인이 있는 것입니다.

편리한 생활과 모두가 닉센할 수 있는 생활의 균형을 생각해야 할 시기에 와 있습니다.

II

타인과 비교하지 않는
시간을 만든다

— 자기 기준이 있으면 더는 소모하지 않는다

스케줄을 조정하여 비는 시간이 생기는 것은 좋지만, 눈앞에 있는 스마트폰을 바로 집어 들지는 않습니까?

잠깐 짬이 나는 시간에 스마트폰으로 SNS를 들여다보며 친구의 댓글을 확인하거나, 피드에 '좋아요!'를 클릭하는 것을 쉬고 있다고 생각하는 사람이 많을지도 모르지만, 이것은 사실 쉬고 있는 것 같지만 쉬고 있는 것이 아닙니다.

진짜로 닉센하기 위해서는 스마트폰이나 태블릿 등과 의식적으로 거리를 두는 것도 중요합니다.

스마트폰을 손에서 놓자

우리가 하루에 스마트폰을 확인하는 횟수는 평균 110회에 달한다고 합니다.

주변에 스마트폰이 있으면 메시지를 확인하지 않고는 견디지 못하고, 자신이 올린 '페이스북' 글에 '좋아요!'가 얼마나 달렸는지 신경이 쓰여서 어쩔 줄을 모릅니다.

스마트폰이 울거나 진동으로 떨 때마다 우리는 기꺼이 손을 뻗습니다.

반대로 외출했을 때 스마트폰을 집에 두고 나오거나 스마트폰의 전원이 꺼져 있으면 패닉 상태에 빠집니다.

메시지나 정보를 놓치지는 않을까 하는 공포(Fear of missing out=FOMO)에 휩싸여버립니다.

이것은 이미 '의존증'이라 해도 과언이 아닐 것입니다.

스마트폰 의존증에 걸리는 원인으로 여겨지는 것이 도파민입니다.

친구의 사진이나 댓글, '좋아요!' 등을 확인하면 그때마다 우리의 뇌는 쾌락을 느낍니다.

몸은 그 쾌락을 점점 더 요구하게 되고, 뇌 내에는 신경전달물질인 도파민이 분비되는 것이라고 합니다.

이것이 또 다음 쾌락을 낳고, 도파민이 분비되고…… 이런 식으로 반복되는 것이 의존상태를 초래하는 것입니다.

한편, '늘 연락 가능한 상태여야 한다.' '정보를 놓쳐서는 안 된다.' '메시지나 피드에 즉각 반응을 보여야 한다.'는 심리적인 압박은 우리에게 계통적인 스트레스를 줍니다.

이것은 '스트레스 호르몬'이라 불리는 아드레날린이나 노르아드레날린, 코르티솔의 혈중농도가 높아지는 것에서 일어납니다.

그리고 이러한 것들의 농도가 뇌의 전두전야에서 높아지면 판단력이 둔해지거나 감정억제가 되지 않거나 의욕을 감퇴시키는 원인이 된다고 여겨지고 있습니다.

잠깐 짬이 나는 시간에 스마트폰을 손에 들고 마는 사람은 쉴 생각이었지만, 실은 이렇게 계속해서 뇌에 부담을 늘려가고 있는 것입니다.

텔레비전을 보면서 스마트폰으로 메시지를 확인하거나, 회식 중에 메시지의 답글을 보내거나, 무언가를 하면서 스마트폰으로 일을 하는 것도 뇌에 부담을 줍니다.

이것은 멀티태스크를 실행하고 있는 것과 마찬가지로 실은 한 가지 일에서 다른 한 가지 일로 뇌가 신속하게 명령을 바꾸는 것에 지나지 않습니다.

그리고 명령을 바꿀 때마다 에너지가 소비됩니다.

앞에서 말한 레비틴 교수에 의하면 우리의 뇌는 원시시대와 거의 달라진 것이 없고, 선조가 사냥을 나가 사냥감을 잡을 때 필요했듯이 한 가지 일에 집중하도록 만들어져 있습니다.

그의 조사를 통해서는 많은 일을 한 번에 하려고 하면 개별적인 작업의 질이 떨어진다는 것이 판명되었습니다.

또 일정량의 에너지로 뇌가 무언가를 결단할 수 있는 횟수가 정해져 있다는 것도 확인되었습니다.

무언가를 판단할 때마다 소비되는 에너지의 양은 시답잖은 질문에 대답하는 경우도, 인생에 관한 중요한 질문에 대답하는 경우도 별 차이가 없다고 합니다.

피험자가 그들의 인생에 관한 중요한 질문을 받기 전에 수많은 하찮은 질문에 먼저 대답하고 나면 정작 중요한 질문에는 제대로 대답할 수 없게 된다는 조사 결과도 나왔습니다.

쓸데없는 일에 에너지를 너무 많이 소비해서 뇌가 지쳐버린 것입니다.

뇌가 항상 스마트폰에 집중하고 있는 상태에서는 디폴트 모드 네트워크도 작동하지 않고 자신의 상황을 높은 곳에서 내려다보지 못하고 시야가 점점 좁아집니다.

중요한 일을 할 때는 집중력이 필요하지만, 모든 일에 집중하는 것은 부담이 됩니다.

정말로 하고 싶은 일에 창의력을 발휘하기 위해서는 시답잖은 일로 뇌를 지치게 하지 말고 멍하니 머릿속을 비우는 시간이 필요합니다.

남의 인생이 더 반짝반짝 빛나 보이게 마련

스마트폰의 폐해는 앞 페이지의 'FOMO'에 의한 스트레스뿐만이 아닙니다.

'페이스북'이나 '인스타그램' 등에서 보는 남의 '아름다운 인생'과 자신의 삶을 비교하며 우울해지거나, 자신의 삶에 불만을 품기 시작하는 것도 심리적으로 나쁜 영향을 미칩니다.

친구의 피드에 올라와 있는 해외여행의 즐거운 모습, 미슐랭 레스토랑에서의 저녁 식사, 사업의 성공, 상을 받는 아이의 모습…… 어느 것이나 자신의 삶과는 동떨어진 것들뿐입니다.

자신이 올린 사진보다도 많은 사람에게서 '좋아요!'를 받았습니다.

친구도 매일 그런 삶을 사는 것이 아니라 특별하기 때문에 사진을 올린 것일 텐데, 자신이 여의치 않을 때 그런 사진을 보면 아무래도 질투심이나 초조함을 느끼지 않을 수 없을 것입니다.

그런데도 잠깐 비는 시간에 스마트폰을 들면 친구가 올린 사진이나 글에 연달아서 '좋아요!'를 누르며 30분 정도 허비해버립니다.

정신을 차리고 보니 가족과 시간을 보내거나 자신과 마주하는 시간이 사라지고 없습니다.

자신의 몸과 마음이 어떤 상태에 있고, 자신은 무엇을 하고 싶은지, 무엇이 필요한지……와 같은 인생의 중요한 질문을 하지 못한 채 하루하루를 보냅니다.

모처럼 시간이 났는데 다른 사람의 삶을 부러워하면서 흐지부지 시간을 허비해버리는 것은 너무나 아깝습니다.

그 시간의 극히 일부라도 닉센에 할애하면, 심신이 안정되고 창의력이 높아져서 인생이 좀 더 충실해집니다.

그러기 위해서는 단시간이라도 소셜 네트워크와 의식적으로 거리를 두어야 합니다.

그런 시간을 습관적으로 만들어서 자신의 인생에 집중하면 다른 사람의 삶은 별로 신경 쓰이지 않게 됩니다.

게다가 이따금 들여다보는 다른 사람의 '빛나는 인생'을 정말로 '좋아요!'라고 생각하게 됩니다.

슬픔을 받아들인다

소셜 미디어를 비롯한 다양한 온라인 콘텐츠에는 긍정적이고 반짝반짝 빛나는 행복한 인생이 흘러넘치고 있습니다.

큰 실패를 겪거나, 최악의 하루를 보냈을 때조차 '웃자!'라며 유쾌하고 즐겁게 그려지고 있는 글을 보면 어딘가 긍정적이고 행복하고 강하게 사는 것처럼 느껴집니다.

SNS에는 슬픈 일조차 긍정적으로 각색되어 있어서 늘 행복해지겠다는 각오가 요구되고 있는 듯한 인상을 받습니다.

한편, 매일 되풀이되는 지루한 일상과 더불어 다양한 갈등, 괴로움, 슬픔, 미래에 대한 불안……과 같은 인생의 부정적인 일들은 좀처럼 볼 수 없습니다.

그러한 글들은 SNS에 게재되지 않기 때문입니다.

정말로 깊은 슬픔에 빠져 있을 때는 그런 기분을 SNS에 올릴 생각이 없을 뿐만 아니라 타인의 행복해 보이는 피드에 '좋아요!'를 누를 기분도 들지 않을 것입니다.

인생은 늘 긍정적이지만은 않고, 우리는 늘 낙관적이고 긍정적으로 살 필요는 없습니다.

시대를 불문하고 사람들은 모두 실패나 실업에 대한 두려움,

죽음에 대한 공포, 사랑받지 못하는 불안 등을 안고 살아왔습니다.

인생에는 슬픈 일이나 제 뜻대로 되지 않는 일도 많습니다.

그럴 때는 억지로 그것을 피하려고 하지 말고 자신이 지금 놓여 있는 상황을 순순히 받아들이고 자신의 기분에 맞서는 시간이 필요합니다.

밝고 긍정적인 것들이 흘러넘치는 세상에서 슬픔이나 지루함으로 가득한 '일상'을 되찾기 위해서 철학자인 알랭 드 보통은 예술을 접하라고 권하고 있습니다.

미술관이나 박물관에 가면 그곳에서는 고대로부터 이어지는 인간의 삶을 만날 수 있습니다.

긍정적인 '비일상'으로 흘러넘치는 소셜 네트워크와는 거리를 두고 머릿속을 비우고 가만히 그림 등을 바라보는 것은 매우 훌륭한 닉센이 되기도 합니다.

옛날부터 면면히 이어져 오는 사람들의 일상생활을 보는 것은 우리의 평상심을 되돌려줍니다.

평소에는 관심이 없던 종교화도 어느 순간 눈을 확 잡아끌며

거기에 묘사된 비극적인 장면에 깊이 공감할 때가 있을지도 모릅니다.

문학 작품에서도 동서고금을 막론하고 다를 게 없는 인간의 보편적인 삶이 지나칠 정도로 반복되어 묘사되고 있습니다.

예술과 마찬가지로 혼자서 문학에 빠지는 것도 닉센이 됩니다.

나쓰메 소세키의 《마음》이나 《도련님》이 아직까지도 독자들의 많은 사랑을 받고 있는 것은 책 속에 묘사되어 있는 주인공의 고민과 슬픔, 애절함을 요즘 사람들도 충분히 공감할 수 있기 때문입니다.

윌리엄 셰익스피어, 조지 오웰, 프랑수아즈 사강, 스콧 피츠제럴드…… 위대한 작품을 남겨준 선인들에게는 진심으로 감사하고 있습니다.

이처럼 옛날부터 많은 사람이 자신과 같이 슬픔이나 괴로움 속에서 발버둥치며 살아온 것을 간접적으로나마 체험하는 것은 자신의 마음을 굳게 지탱해주는 힘이 됩니다.

결국 슬픔이라는 것은 기쁨에 비하면 지극히 개인적인 것으로 마지막까지 누군가와 공유할 수 없는 것이라고 생각합니다.

그러므로 예술이나 문학 작품 등은 자신의 마음속 깊숙한 곳까지 자신의 해석으로 울림을 주는 데 도움이 될지도 모릅니다.

SNS에서 긍정적인 자신을 연출할 필요는 없습니다.

친구의 피드에 억지로 반응할 필요도 없습니다.

슬픔이나 부정적인 것을 받아들이고, 그것에 맞서는 시간도 만들어야 합니다.

인간은 슬픔으로 감정을 단련함으로써 보다 깊은 자신을 찾을 수 있습니다.

인생의 우선순위를 생각해본다

"스마트폰을 하루에 쉰 번을 볼지, 200번을 볼지 정하는 것은 자신의 뇌. 그래도 스마트폰이 울릴 때마다 반응하는 것은 자신이 정한 행동이 아닙니다."

틸뷔르흐 대학에서 임상신경심리학을 연구하는 마그릿 싯콜른 교수가 《flow~Hoe leef je het leven(fiow~인생을 어떻게 살 것인가)》에서 한 말입니다.

그녀가 조언하는 것은 우선 스마트폰의 소리나 진동을 끄라는 것입니다. 이것만으로도 반사적으로 스마트폰을 보는 일이 현저히 줄어듭니다.

하고 싶지 않은 일에는 정신을 빼앗기지 않고 자신이 하고자 하는 일에 늘 주의와 관심을 기울일 수 있습니다.

그렇게 하면 오늘 해야 할 일을 끝내고 'To Do List'가 한정 없이 길어지는 일도 없습니다.

스마트폰을 의식적으로 보지 않는 시간을 만드는 것도 중요합니다.

일상생활 속에서 스마트폰을 보지 않는 시간을 만드는 것이 실은 그렇게 어렵지 않습니다.

예를 들어 출퇴근 전철 안.

일본뿐만 아니라 네덜란드에서도 전철 안을 둘러보면 대부분의 사람이 스마트폰에 얼굴을 묻고 있는데, 이 시간은 머리를 비우고 마음을 안정시킬 수 있는 가장 좋은 닉센 타임입니다.

중요한 뉴스만 확인한 후에는 5분이라도 차창을 바라보며 멍하니 있어보십시오.

단, 멍하니 있는 것이 어려운 사람은 좋아하는 음악을 들으면서 차창을 바라보면 즐겁게 닉센할 수 있습니다.

가방에는 항상 일과 관련이 없는 책을 넣어 가지고 다니면서 스마트폰 대신 책을 읽으며 이야기 속에 들어가 닉센하는 것도 좋습니다.

그렇게 회사에 도착할 즈음에는 중요한 일에 전력으로 임할 수 있게 될 것입니다.

저녁 식사 후 자기 전까지 비어 있는 시간에도 아무렇지 않게 스마트폰이나 컴퓨터로 메일을 확인할 때가 있습니다.

그러고 나면 결국 자기 전까지 답장을 보내야 마음이 놓이게 되지만 이것을 강제로 하지 않는 것도 좋습니다.

애초에 일할 시간도 아니고, 그렇게 빨리 답장을 보내야 하는 메일도 거의 없을 것입니다.

저녁 식사 후에는 메일을 보지 않기로 정하고, 다음 날 아침에 답장을 보냅니다.

그 외에도 식사 때는 식사나 대화에 집중하고 스마트폰이나 텔레비전을 보지 않도록 한다, 화장실이나 침실에 스마트폰을 가지고 들어가지 않는다, 등도 좋은 방법입니다.

도저히 스마트폰을 놓지 못하고 스스로 닉센하는 것이 어렵다는 사람에게는 강제로 닉센하는 합숙 서비스도 있습니다.

스마트폰이나 컴퓨터를 일정 기간 강제로 멀리 떼어놓고 자연 속에서 '디지털 디톡스'를 하는 것입니다.

이제는 세계적인 트렌드가 된 이 방법을 일본에서는 '일본 디지털 디톡스 협회'나 고급 호텔에서 자연과의 교감이나 현실 세계의 커뮤니케이션에 초점을 맞춘 여행 상품이나 프로그램으로 시행하고 있습니다(우리나라에도 디지털 디톡스를 체험할 수 있는 다양한 프로그램이 개발되어 있다).

휴가 중에도 도저히 일에서 벗어날 수 없다는 사람은 이런 호사스러운 방식을 이용해보는 것도 한 가지 방법이겠죠.

스마트폰은 우리의 생활에 없어서는 안 되는 편리한 도구이고, 이것을 완전히 차단할 수는 없지만 중요한 것은 스마트폰을 의식적으로 사용하고, 스마트폰에 '사용되지 않도록' 하는 것입니다.

싯콜른 교수에 의하면 대부분의 사람이 하루의 태반을 일에 쓰지만 '인생의 우선순위'로는 '가족' '친구' '건강'을 꼽는다고 합니다.

자신의 생활이 우선순위에 의해 움직이고 있는지, 'To Do List'에 끌려다니고 있는지 한 번 천천히 검토해볼 것을 권합니다.

그리고 자신이 가장 중요하다고 생각하는 것에 시간을 할애할 수 있도록, 자신의 의식이나 행동을 컨트롤해야 합니다.

의식을 컨트롤할 수 없는 인생은 스스로 키를 잡은 인생이라고는 할 수 없습니다.

자, 여러분의 인생의 우선순위는 무엇입니까?

고독과 마주하는 시간을 만든다

스마트폰이나 태블릿을 옆에 놓고 바쁘게 돌아가는 세상의 움직임과 거리를 두면 갑자기 자신이 뒤처지는 듯한 불안감이 밀려올지도 모릅니다.

그래도 우리는 실은 자기 자신이 있는 한 고독하지 않습니다.

오히려 스마트폰을 끄고 혼자가 되어보면 자신과 차분히 마주하는 시간이 너무 없었다는 것을 깨닫게 됩니다.

네덜란드의 유명한 작가 톤 텔레헨의 《고슴도치의 소원》에 이런 장면이 있습니다.

"고슴도치는 이마에 깊은 주름이 잡히는 것을 느꼈다. 그래도 난 정말로 고독하지 않은 거야, 라고 생각했다. 자기 자신이 있으니까. 자신과 이야기하거나, 자신을 볼 수 있는 것이다. 자신은 언제나 있지 않은가."

하루 중에 잠깐만이라도 인터넷의 정보의 파도에서 멀어져서 혼자 차라도 마셔본다.

그러는 동안 '요즘 좀 운동 부족이야.'로부터 시작해서 '난 정말 뭘 좋아하지?' '어렸을 때 이런 적이 있었는데 그때 난 이런 기분이 들었어.' '지금 나에겐 이런 것이 필요하구나.'라고 여러 가지 생각이 맴돌지도 모릅니다.

　자신을 바라보는 또 한 명의 자신.

　객관적으로 자신을 보며 인생을 되짚어보는 것은 안정된 마음으로 굳건하게 살아가기 위해 필요한 것입니다.

　고독한 시간은 매우 좋은 닉센 타임입니다.

　고독과 닉센은 상성이 좋습니다.

　고독한 시간은 누군가와 스케줄을 맞추거나 누군가에게 신경 쓸 필요가 없습니다.

　자유로운 마음으로 여백의 시간을 자신을 위해서만 사용하는 것입니다.

　이 시간을 즐길 수 있으면 고독은 더 이상 두려운 것이 아닙니다.

　'슬픔을 받아들인다'는 페이지에서도 말했지만, 이런 시간에 예술 작품이나 문학 작품을 즐기며 자신의 마음과 공명시키면 자신을 돌아보거나 자신을 되찾는 힘이 됩니다.

　또 음악을 들으며 멍때리거나, 바람을 쐬면서 산책하거나, 목욕탕에 몸을 담그고 고독을 즐기는 것도 좋습니다.

일기를 쓰거나, 그림을 그리며 자기 안에 맺혀 있는 것을 표현해보는 것도 자신과 마주하는 것에 효과적입니다.

그렇게 하며 소셜 미디어와 거리를 두고 한숨 쉬어보면 자신의 상태를 내려다볼 수 있게 됩니다.

이때도 뇌 내에서는 디폴트 모드 네트워크가 활약합니다.

뇌신경외과의인 오쿠무라 아유미에 의하면 이 네트워크에는 자신의 상황을 철저하고 객관적으로 파악하는 '자기 모니터링 기능'이 있고, 자신이 나아가야 할 길을 보기 쉽게 하는 기능이 있다고 합니다(겐토샤 출간,《뇌의 노화를 99% 늦추는 방법》).

자신의 인생이 세상의 큰 파도에 휩쓸려가고 있지 않습니까?

늘 큰 파도 속에 있으면 보이지 않던 것이 보이기 시작합니다.

인간은 누구나 고독합니다.

동시에 누구나 어딘가에서는 사회와 연결되어 있고, 완벽하게 고독하지는 않습니다.

고독과 그렇지 않은 시간은 양쪽 모두 우리에겐 매우 중요한 시간일 텐데 우리는 사회에 익숙해지는 것이나 커뮤니케이션의 중요함만을 배우며 자라온 듯합니다.

그러나 늘 사회와 연결되어 있고, 늘 정보에 쫓기고 있고, 늘 즉답을 하고 있으면 중요한 자신의 시간은 순식간에 자신의 옆을 지나가 버립니다.

고독의 시간도 소중히 여기며 혼자서 생각을 떠다니게 하거나 자신을 높은 곳에서 바라보는 시간이 우리에게는 필요합니다.

중요한 것은 사회와 고독을 오가는 자유를 자신의 의지로 확보하는 것이 아닐까요?

커뮤니케이션의 홍수 속에서 사는 요즘 사람들이야말로 고독을 소중히 여기기를 바랍니다.

루틴을 음미하며 산다

아침에 정해진 시간에 일어나고, 아침 식사를 하고, 출근 전철에 몸을 싣고, 메일을 확인하고, 오전 내에 회의를 마치고……매일 반복되는 루틴에 지루함과 지겨움만 쌓입니다.

그러나 이렇게 매일 반복되는 루틴이 있기 때문에 우리는 자신의 시간을 컨트롤하며 정신과 육체의 건강을 유지할 수 있는 것이 아닐까요?

작가나 아티스트 등 위대한 크리에이터도 놀라울 정도로 단조로운 루틴을 가진 사람이 많다고 합니다.

일상이 지루하기 때문에 탄생한 위대한 창조물이 많은 것도 분명한 사실입니다.

《미피》시리즈로 유명한 디자이너 딕 브루너도 그런 일상의 루틴을 소중히 여긴 사람이었습니다.

그는 유트레히트의 자택에서 아침 식사를 한 후 자전거를 타고 근처 운하의 연변에 있는 오래된 카페에 가서 커피를 한 잔 마시고 나서 출근하는 일과를 되풀이하고 있었습니다.

그가 그 카페에 오는 시간이 매일 아침 8시로 정해져 있었기 때문에 그를 보러 그 카페를 찾는 팬도 적지 않았습니다.

나도 한 번 브루너 씨에게 사인을 받기 위해 친구와 둘이서 함께 그 카페를 찾아간 적이 있습니다.

아침 8시에 맞춰서 카페에 가니 정말로 브루너 씨가 있었습니다!

창가 자리에서 커피를 마시면서 아침 닉센을 하고 있었습니다. 카페 안에는 브루너 씨 혼자였습니다.

우리가 카페로 들어가자 "안녕하세요!"라며 미소를 지으면서 악수를 청해왔습니다.

그리고 천천히 커피를 마시면서 잠시 이야기를 나누었습니다.

"일본에는 가보신 적이 있으십니까?"

"옛날에 대여섯 번 정도 가봤습니다. 아주 멋진 나라라고 생각합니다. 사람들도 매우 친절하고요."

브루너 씨는 커피를 다 마시자 손을 흔들면서 자전거를 타고 작은 돌길을 따라 근처의 아틀리에로 사라졌습니다.

그는 매일 카페에서 커피를 마신 후 오전 중에 집중해서 일을 마치고, 오후에는 팬에게 받은 편지의 답장을 쓰거나 하면서 시간을 보낸다고 합니다.

내가 브루너 씨에게 쓴 편지에도 답장을 보내주셔서 아직도 소중히 간직하고 있습니다.

나는 아이를 학교에 보낸 후 걸레질을 하면서 방을 한 바퀴 돌고, 향을 피우고 2, 3분 닉센하는 것을 루틴으로 갖고 있습니다.

아침부터 몸 상태나 머리가 개운치 않은 날도 있습니다만, 이 향냄새로 왠지 모르게 스위치가 켜지곤 합니다.

회사에 다니는 사람은 시간에 조금 여유를 갖고 차나 전철에서 내린 뒤 회사까지 가는 길을 조금 멀리 돌아서 산책하거나, 일주일에 한 번이라도 브루너 씨처럼 카페를 한 곳 정해놓고 늘 같은 자리에서 커피를 마시고 나서 출근해도 좋지 싶습니다.

매일 목욕을 좀 오래 하거나, 된장국을 먹기로 하거나, 토요일에는 이불을 말리거나…… 이런 것들도 루틴이 됩니다.

소셜 네트워크 시대에는 단박에 시선을 사로잡을 만한 사건이나 화려한 언동이 인기를 끌곤 하지만, 대부분의 사람들에게 하루하루는 조용히 반복되는 루틴의 연속입니다.

그리고 이 루틴이 쌓이는 것이 우리의 인생입니다.

이것을 조용히 음미하면서 사느냐, '지루하다'고 끊어버리고 자극적인 것을 찾아 사느냐에 따라 그 충실도는 크게 달라질 것이라고 생각합니다.

하루의 루틴을 시작하며 나는 종종 낡았지만 따뜻함이 느껴지던 카페의 한구석에서 혼자 커피를 마시던 브루너 씨를 떠올리곤 합니다.

자기 기준으로 높아진 인생의 만족도

닉센을 위한 시간을 내는 것, 메시지에 바로 대답하지 않고 한 박자 쉬는 것, SNS와 거리를 두고 자신과 마주하는 것⋯⋯.

이렇게 보면 닉센하며 진짜로 쉬기 위해서는 자신을 소중히 하고, 시간의 사용법이나 행동을 스스로 컨트롤하는 것이 필요하다는 것을 알 수 있습니다.

좀 나쁘게 말하면 '때때로 제 멋대로가 될' 필요가 있다는 것입니다.

우리는 좋든 싫든 자신은 제쳐두고 타인에게 무게를 두는 경향이 강하다고 생각합니다.

'자기 기준'보다도 '타인 기준'이 사고방식이나 행동의 지침이 되고 있는 것입니다.

예를 들어 '대접' 정신.

손님의 행복을 최우선시하며 전심전력을 다합니다.

이것은 아이들의 학예회나 기업의 이벤트 등이 완벽하게 준비되거나 편의점이나 택배 등이 최상의 서비스를 제공하는 것의 밑바탕이 되기도 합니다.

이 정신은 우리가 버려서는 안 되는 멋진 것이라고 생각하지만, 이것이 지나쳐서 자기만의 삶을 즐길 여지나 쉬는 시간이 줄어든다면 희생하는 것이 많아 괴로워지게 됩니다.

또 '타인의 눈'을 너무 의식한 나머지 혼자서 장기 휴가를 가지 못하거나 학교나 직업의 선택 등도 체면이 바탕이 되어버리면 행복을 느낄 수 없는 인생이 되어버립니다.

네덜란드인의 생활이 대개 릴렉스하고, 자신의 인생에 만족감을 갖고 있는 사람이 많은 배경에는 자기 기준이 중심이 된 사고나 행동을 하기 때문이 아닌가 싶습니다.

그들에게도 대접의 정신은 있지만 타인뿐만 아니라 자신도 즐기고 휴식 시간도 가질 수 있는 것이 그들의 생활을 균형 잡힌 것으로 만들어주고 있습니다.

조금 절차를 생략해도 핵심이 되는 목적이 달성된다면 상관없습니다.

자신의 인생에 만족하는 사람은 타인에게도 상냥해질 수 있습니다. 또 자기 기준을 중심으로 한 사회에서는 독창적인 아이디어가 생기기도 합니다.

우리가 좀 더 자기 기준을 강화하면 틀림없이 좀 더 닉센할 수 있고, 좀 더 강해질 수 있지 않을까 싶습니다.

일자리 나누기를 가능하게 한 아빠의 육아

네덜란드의 초등학교는 부모가 아이들의 등하교를 담당하는 것이 기본입니다.

아침 8시 30분과 오후 2시 이후의 두 차례, 보호자는 집과 학교를 왕복해야 합니다.

최근엔 점심에 학교에서 도시락을 먹는 것이 일반화되었습니다만, 얼마 전까지는 점심도 집에서 먹는 아이가 많아서 집과 학교 사이를 하루에 네 번이나 왕복하는 부모도 있었습니다.

그렇게 오가는 광경을 보면서 놀란 것은 아빠가 많다는 것입니다.

아침이야 그렇다 쳐도 오후 2시가 지난 어정쩡한 시간대에 모두 평상복 차림으로 아이를 데리러 와서 난 처음엔 '이 사람들은 무슨 일을 할까? 직업이 없나?' 따위로 생각했습니다.

그러나 얼마 지나지 않아 네덜란드에서는 남성과 여성 모두 주 3~4일의 파트타임 근무가 많고, 아빠와 엄마가 일주일의 일과 육아를 각각 절반씩 분담하고 있다는 것을 알게 되었습니다.

이 분담을 가능하게 한 것은 '일자리 나누기'라는 사고방식입니다.

1980년대의 불황과 실업 증가를 겪으며 네덜란드에서는 임금억제 대신 파트타임 노동으로 일자리를 나누고, 취업자를 늘린다는 사고방식이 생긴 것입니다.

정부와 기업, 노동조합이 납득할 때까지 협의한 결과 파트타임 직원은 휴가나 사회보장 등에서 정규직과 다르지 않은 법적 지위를 갖게 되었습니다.

여성뿐만 아니라 남성들도 차례로 파트타이머가 되어 가정에서의 육아나 가사를 분담한 이후로 여성의 취업이 늘어나고 경제도 활성화되었습니다.

90년대 후반의 경제 회복은 '네덜란드의 기적'이라 불리고 있습니다.

최근 일본에서도 남성에게 '육아 휴직'을 보장하라는 목소리가 높아지고 있는데, 갑자기 장기간의 휴가를 주는 것보다도 조금은 완만하게 노동 스타일을 바꿔가는 것이 모두가 받아들이기에는 쉬울지도 모릅니다.

물론 이것을 실현하기 위해서는 파트타이머에게도 정규직과 같은 법적 지위를 부여하는 것과 동시에 남성과 여성 모두 의식을 바꿔야 합니다.

더 많이 벌고, 더 높은 곳을 목표로 하는 것만을 생각할 것이 아니라 한 번 멈춰 서서 두 번 다시 돌아오지 않을 아이와의 시간을 함께 보내는 것의 소중함이나, 인생을 길게 보는 마음의 여유가 필요한 것은 아닐까요?

Ⅲ
이렇게 나는 느긋하게 산다
– 휴식의 달인인 네덜란드인의 일상

날씨가 화창한 날의 오후가 되면 네덜란드의 공원에서는 사람들이 잔디밭에 누워 일광욕을 즐깁니다.

카페에서는 맥주 한 잔을 놓고 느긋하게 담소를 즐기는 커플이 있습니다.

저녁때 어둑어둑한 주택가를 걸으면 희미한 등불에 떠오른 방 안에서 고양이를 무릎 위에 앉히고 책을 읽고 있는 여성이 창밖에서 보입니다.

거리에서, 직장에서, 가정에서…… 네덜란드인들은 자연스럽게 닉센을 즐기고 있습니다.

이번 장에서는 네덜란드인의 일상에 녹아 있는 닉센을 소개하여 우리의 일상에 적용하기 위한 힌트로 삼고자 합니다.

여러분의 닉센은 무엇입니까?

될 수 있으면 걷자

"당신의 닉센은 무엇입니까?"

네덜란드인에게 이런 질문을 던져보면 많은 사람이 "산책하는 것이죠."라고 대답합니다.

네덜란드인은 산책을 무척 좋아합니다.

개를 키우지 않는 사람도 근처나 공원을 한 바퀴 도는 것이 일과인 사람이 많습니다.

쇼핑하지 않아도 거리를 돌아다니거나 일하는 틈틈이 사무실 주위를 걷거나 밤에 친구와 조깅하는 모습으로 걷는 등…… 정말이지 자주 걷습니다.

주말이나 휴가 때는 많은 사람이 숲속을 걷습니다.

네덜란드에서는 어떤 도시에 살아도 숲이나 공원이 자전거로 갈 만한 거리에 있는 것이 좋은 점입니다.

내가 네덜란드에서 살기 시작했을 때만 해도 일요일에는 거리의 상점이 모두 문을 닫았기 때문에 숲을 산책하는 것밖에는 할 게 없어서 나는 '또야?'라며 진저리를 치곤 했지만, 이것도 요즘에는 기분이 참 좋은 일이구나, 라며 즐기게 되었습니다.

봄이 오는 소식을 가장 먼저 알려주는 하얀색과 자주색의 크로커스꽃, 여름의 시원한 신록, 가을이 되면 어느새 쑥쑥 자라 있는 붉은 버섯 무리, 서리로 하얗게 보이는 겨울나무들…….

자연 속에서 사계절의 변화를 느끼며 산책하다 보면 몸과 마음이 릴렉스됩니다.

지금 안고 있는 문제나 업무 스케줄이 잠시 머릿속에서 사라집니다.

내 아이들도 처음에는 억지로 끌려오다시피 따라왔지만, 어느새 익숙해졌는지 집에 돌아갈 무렵에는 매우 기분이 좋아져 있어서 희한할 정도입니다.

일본의 도시에 살면 좀처럼 숲에서 산책할 수가 없습니다.

그래도 일상생활에 걷는 것을 도입하는 것은 그리 어려운 일이 아닙니다.

회사나 거래처에 갈 때 시간에 여유를 갖고 한 정거장 앞에서 내린다, 집에 돌아갈 때도 몇 정거장 앞에서 내린다, 일하는 틈틈이 사무실 주위를 한 바퀴 돈다, 엘리베이터를 타지 않고 계단으로 올라간다…… 등등, 걸을 기회를 적극적으로 만드는 것은 가능합니다.

또 주말 같은 때 근방을 산책하는 것도 좋고, 잠깐 전철을 타고 나가 내린 적이 없는 역에서 내려 낯선 거리를 산책해보는 것도 좋을 것입니다.

멋진 카페나 재미있는 가게를 발견할 수 있을지도 모릅니다.

걷기의 효용은 많은 의사나 전문가가 증명하고 있습니다.

걷기만으로도 뇌 내에 '행복 호르몬'인 세로토닌이 분비되기 때문에 마음이 안정되고 만족감이나 좋은 기분을 느낀다고 합니다.

적당한 운동은 면역세포를 활성화하거나 혈액과 뇌의 기능을 좋게 하는 데도 효과적입니다.

'걷기가 습관인 사람은 치매에 걸릴 위험이 낮다.'는 조사 결과도 있습니다.

걷기는 마음에, 몸에, 뇌에 '일석삼조'의 효과가 있는 훌륭한 닉센입니다.

자전거로 이동한다

걷기와 함께 한 가지 더 네덜란드인의 대표적인 닉센은 '자전거를 타는 것'입니다.

세계적인 자전거 왕국으로 알려진 네덜란드에서는 차보다 더 많은 자전거가 전용 도로를 오가고 있습니다.

네덜란드의 사이클리스트 협회에 의하면 네덜란드 국민의 자전거 보유 대수는 2017년 기준 2,280만 대로 네덜란드의 전체 인구(1,700만 명)보다 많다고 합니다.

1인당 1.3대꼴로 일본(1인당 0.6대)의 두 배 이상입니다.

배낭을 등에 멘 샐러리맨, '백피츠'라 불리는 박스 자전거에 아이를 두세 명 태우고 달리는 어머니, 무거운 가방을 뒷좌석에 단단히 동여맨 고등학생…… 아침 8시 전후와 오후 5시 30분경을 정점으로 출퇴근과 등하교 시간은 모두 자전거를 타고 달립니다.

옆 동네에서 에인트호번 공과대학에 다니는 후브 암브로시우스 교수도 그중 한 사람입니다.

그는 수년 전에 환갑을 맞이했지만 매일 왕복 20킬로미터의 거리를 비가 오나 바람이 부나 개의치 않고 자전거를 타고 오갑니다.

날씨가 나쁜 날이 많은 네덜란드에서 자전거 출퇴근이 반드시 쾌적한 것은 아니겠지만, 바쁜 일상 속에서 출퇴근 시간만이라도 머리를 비우고 몸을 움직이는 것은 매우 좋은 '닉센'이겠죠.

동 교수는 아침 8시에는 이미 연구실에 도착해서 동료나 학생들이 오기 전에 한 차례 일을 마칩니다.

자전거로 생기를 되찾은 머리가 상쾌해져서 일이 제일 잘 되는 시간이라고 합니다.

주말이나 휴가 때 자전거를 타는 것도 인기가 많습니다.

도로에서 도로로, 숲이나 들판을 가로지르는 자전거 도로가 정비되어 있는 네덜란드에서는 날씨가 좋은 주말에 가족끼리 10~20킬로미터 떨어진 거리나 마을까지 가서 그곳에서 커피를 마시거나 산책하고 다시 돌아오는 것이 일반적입니다.

자전거를 차에 매달고 먼 거리나 마을까지 가서 그곳에서 자전거를 타는 사람들도 종종 볼 수 있습니다.

전철에도 자전거 전용 차량이 있기 때문에 차가 없는 사람은 자전거와 함께 전철로 멀리 떠날 수도 있습니다.

주요 역에는 자전거 대여소도 있기 때문에 여행자도 네덜란드의 자전거 라이프를 쉽게 즐길 수 있습니다.

최근에는 환경 보호의 목적으로 암스테르담을 비롯한 도시에서는 차가 중심지구로 들어오지 못하게 되면서 자전거가 점점 중요한 교통수단이 되어가고 있습니다.

지구온난화로 해수면이 몇 센티미터라도 상승하면 해발 이하의 토지가 많은 네덜란드에는 치명적입니다.

자전거는 건강과 스트레스 해소를 위해서뿐만 아니라 네덜란드인의 생존을 건 중요한 환경 대책인 셈입니다.

일본의 도심부는 공공 교통 기관이 매우 발달해 있지만, 자전거 도로가 정비되어 있지 않은 점은 유감스러울 뿐입니다.

국민이 안전하게 자전거 라이프를 즐길 수 있는 연구가 필요합니다.

햇볕을 쬔다

여름이 되면 네덜란드는 '닉센 모드'가 매우 강해집니다.

날씨가 좋은 여름날에 도심 광장에 가면 그곳은 이미 멋진 닉센 월드.

광장 주변에 있는 카페에서는 테이블과 의자를 밖에 내놓고, '테라스 석'이라 불리는 그 자리에는 맨살을 드러낸 사람들이 커피나 맥주를 한 손에 들고 대화를 나누고 있습니다.

재미있는 것은 햇볕이 내리쬐는 곳부터 자리가 찬다는 것입니다.

봄과 가을, 겨울에 날씨가 나쁜 날이 많은 네덜란드에서는 모두가 여름의 햇볕을 즐기며 조금이라도 더 오래 햇볕을 쬐려고 합니다.

공원이나 해안에서도 잔디밭이나 모래사장에는 많은 사람이 누워 있습니다.

모두가 자리를 가지고 와서 나무 그늘이나 볕이 잘 드는 곳에 누워 책을 읽거나 대화를 나눕니다.

샌드위치나 과일을 갖고 와서 몇 시간을 그 자리에서 보냅니다.

와인 잔까지 가지고 와서 와인과 치즈로 건배를 하는 우아한 커플도 있습니다.

일본보다 훨씬 북쪽에 있는 네덜란드의 여름은 밤 10시 30분께까지 밝기 때문에 일을 마친 후에도 실컷 즐길 수 있습니다.

자택의 발코니나 정원에서도 일광욕을 즐기는 사람을 종종 볼 수 있습니다.

자기 집이라고 대놓고 알몸으로 지내는 사람도 있습니다.

그런 아주머니를 몇 명이나 목격한 적이 있는데 그때마다 깜짝 놀라곤 했지만, 여름 한 철에만 맛볼 수 있는 그런 호사를 집에서라도 온전히 즐기고 싶어 하는 마음은 잘 압니다.

걷기와 마찬가지로 햇볕을 쬔다는 행위는 그것만으로도 뇌 내에 세로토닌이 분비된다고 합니다.

따라서 일광욕도 마음을 릴렉스시키는 훌륭한 닉센이라고 할 수 있습니다.

일본의 여름은 너무 더워서 일광욕을 할 수 없는 상태이지만, 다행히 봄, 가을, 겨울에도 햇볕을 즐길 수 있습니다.

온종일 사무실에서 컴퓨터나 스마트폰의 빛을 쏘이며 보낼 것이 아니라 날씨가 화창해서 기분이 좋은 날에는 사무실 밖을 걸어보거나, 마음이 맞는 동료와 테라스 석에서 점심을 먹는 것도 훌륭한 닉센이 될 것입니다.

정원 가꾸기는 적당히

근처에 사는 베스는 여름의 하루를 집 정원에서 시작합니다.

아침 7시에 정원에 나와 아침 햇볕을 쬐면서 꽃과 채소 등에 느긋하게 물을 줍니다.

바쁜 하루를 시작하기 전에 이 잠깐의 '닉센 타임'을 갖는 것만으로도 마음이 안정되고 기분이 상쾌한 출발을 할 수 있다고 합니다.

"절대로 어려운 일이 아니라 눈에 보이는 것, 모양이 있는 것을 실제로 만질 수 있는 것은 기분 좋은 일이죠."

시스템 엔지니어로 하루 대부분을 사무실 컴퓨터 앞에서 보내는 마르크 씨도 주말의 정원 일이 훌륭한 닉센이 된다고 합니다.

잡초를 뽑거나, 흙을 나르거나……

평소 사용하지 않는 근육을 사용하는 적당한 운동은 머릿속을 비우는 데 도움이 됩니다.

그의 말에 따르면 '지나치지 않는 것이 요령'입니다.

과도하게 움직이면 근육통이 생기거나 정신적으로 힘들다고 생각하게 되기 때문에 적당한 선에서 멈추는 것입니다.

집에 정원이 없는 경우에는 교외의 텃밭을 임대하는 사람도 있습니다.

　　우리 집에서 자전거로 30분 정도 걸리는 임대 농장에서는 연간 약 70유로(약 9만 2,000원)로 100m^2의 토지를 빌릴 수 있습니다.

　　일본인 친구도 그곳에서 밭을 일구며 네덜란드에서는 날것으로 좀처럼 구할 수 없는 풋콩과 쑥갓, 일본 오이(네덜란드 오이는 꽤 크고 감칠맛이 없습니다) 등의 채소를 키우고 있습니다.

　　밭일로 스트레스를 해소할 수 있는 데다 건강하고 맛있는 채소를 수확할 수 있는 것도 또 다른 즐거움입니다.

　　네덜란드인 중에는 임대한 밭의 경작지 안에 오두막을 지어 테이블과 의자를 가져다 놓고 밭일하는 틈틈이 차나 와인으로 닉센하는 사람도 볼 수 있습니다.

　　개중에는 사람을 고용해 밭일을 시키고 자기들은 가끔 밭에 와서 와인만 마시고 가는 사람도 있습니다!

　　일은 하지 않고 밭이 주는 은혜는 온전히 누리며 자기들은 완전하게 닉센한다.

　　이 또한 네덜란드가 아니고는 볼 수 없는 광경이겠죠.

　　나는 귀차니스트인 데다 벌레를 몹시 싫어해서 채소는 키우지 않지만, 베란다에서 키우는 석남과 수국 등의 화분에 물을 주거나 자잘한 잡초를 뽑으며 닉센합니다.

특히 건조한 네덜란드의 여름에는 아침저녁의 물 주기를 거를 수가 없습니다.

식물을 키우는 데 서툰 나도 식물을 돌본 후에는 왠지 모르게 기분이 상쾌해지니 참 희한한 일입니다.

일본의 도시에서는 정원이 딸린 집에 살며 정원 일을 하는 것이 쉽지 않지만, 집에서 관엽식물에 정성껏 물을 주는 것만으로도 마음이 안정되고 닉센할 수 있습니다.

사무실 책상에 작은 관엽식물을 놓고 키워보는 것도 좋은 방법이겠죠.

식물을 키우는 걸 좋아하는 사람은 '주말 농장'을 빌려서 주말에만 가족 채소밭을 즐기는 것도 가능합니다.

공동 임대도 가능하므로 매주 농장에 가는 것이 어려운 사람은 몇 명이 같이 빌려서 돌아가며 밭을 일구는 방법도 있습니다.

함께 수확할 때의 보람은 또 각별하답니다.

꽃과 더불어 살기

'꽃의 나라' 네덜란드에서는 무지갯빛으로 펼쳐지는 드넓은 튤립밭이나 3~5월에만 개장하는 '큐켄호프 공원'이 세계적으로 유명하지만, 거기까지 가지 않아도 네덜란드인의 생활 속에는 일상적으로 꽃이 지천에 넘칩니다.

도롯가나 공원의 잔디밭, 운하의 연변, 주택의 정원수…… 봄이 되면 이런 곳에 초복이 일제히 꽃을 피우면서 네덜란드는 겨울의 흑백 세상에서 단박에 총천연색의 유토피아로 탈바꿈합니다.

암스테르담이나 위트레히트 등의 도시에서는 매주 큰 규모의 플라워마켓도 열립니다.

광장이나 운하 연변에 생화나 화분 식물, 알뿌리 식물 등을 파는 가게가 죽 늘어서 있는 광경은 정말로 화려합니다.

과연 원예 대국인만큼 가격도 저렴합니다!

튤립과 장미가 20송이에 5유로(약 6,600원).

10유로(약 1만 3,200원)만 내면 정말로 근사한 꽃다발을 살 수 있습니다.

이런 이유로 생일 같은 기념일에 꽃다발은 부담 없이 줄 수 있는 선물로 인기가 많습니다.

또 집에서 꽃을 기르는 것도 일상적인 습관입니다.

슈퍼마켓에서도 5유로 정도에 작은 꽃다발을 살 수 있으므로 나도 때때로 식품을 사러 간 김에 제철 꽃을 사 옵니다.

일하는 틈틈이 꽃을 바라보는 것은 매우 좋은 '닉센'입니다. 그것만으로도 기분이 안정되고 마음이 차분해집니다.

꽃의 향기와 색은 사람에게 원기를 주거나 마음을 진정시켜주는 효과가 있고, 꽃으로 마음을 치유하는 '플라워 테라피'도 있습니다.

꽃을 비롯한 식물에는 자율신경을 조절하고, 혈압이나 정신 상태를 안정시키는 기능이 있다고 합니다(지바 대학 환경 건강 필드 과학 센터 조사).

일본도 전통적으로 방 안에 제철 꽃을 장식하곤 했습니다.

일본은 꽃이 비싸서 일상적으로 꽃다발을 주는 습관은 없지만, 방에 꽃이 한 다발이라도 있으면 스트레스 해소에 효과가 있다고 합니다.

우리의 생활 속에 꼭 꽃을 들여놓길 권합니다.

동물은 사랑스러워

개나 고양이와 놀다 보니 눈 깜빡할 사이에 시간이 지나가 버린 경험을 해본 분이 많을 것입니다.

동물을 바라보거나 동물과 놀면 희한하게도 마음이 휴식을 취합니다.

동물과 노는 것도 뇌의 디폴트 모드 네트워크를 강화하는 데 효과적입니다.

다른 나라와 마찬가지로 네덜란드에서도 개나 고양이를 키우는 사람은 많습니다.

아르노 씨도 그중 한 사람입니다.

매일 개를 데리고 근처 숲을 산책하거나 들판에서 공을 던지며 노는 것이 훌륭한 닉센이 된다고 합니다.

'고양이파'도 많은데, 네덜란드의 주택가를 걷다 보면 종종 고양이가 창가에서 다리를 핥으며 닉센하고 있는 모습을 볼 수 있습니다.

개나 고양이 외에 기니피그나 토끼, 햄스터 같은 작은 동물이 애완동물로 인기가 많지만, 말을 기르는 사람도 드물지 않습니다.

교외의 드넓은 초원에 사는 사람은 집에서 키우고, 마을에 사는 사람 등은 승마 클럽에 돈을 내고 말 사육을 위탁하는 것 같습니다.

아이들(특히 여자) 사이에서 승마는 매우 인기가 좋은 취미 생활이고, 말을 키우고 주말에 숲을 산책하는 생활은 여자아이들이 동경하는 삶입니다.

네덜란드에는 곳곳에 작은 농장이 있고, 마을에서 자전거로 30분만 가면 소나 양이 유유히 풀을 뜯고 있는 광경이 펼쳐집니다.

우리 집 근처에 있는 농장에서는 유기농법으로 채소를 키우는 것 외에 소, 돼지, 닭을 사육하고 있습니다.

작은 가게에서 고기와 채소, 달걀 등을 팔고 있기 때문에 때때로 장을 보러 그곳을 찾아가서 잠시 동물을 관찰합니다.

독특한 동물 냄새가 떠다니고 있는데, 그곳에 가면 왠지 마음이 차분해집니다.

진흙 위를 뒹굴며 놀거나 싸우는 돼지 가족을 보고 있으면 시간이 어떻게 가는지 모를 정도입니다.

그들을 바라보고 있는 것만으로도 왠지 살아 숨 쉬는 존재로서의 나도 위에서 내려다보고 있는 듯한 기분이 듭니다.

닭이 있는 광장에서는 울타리 너머로 잡초를 던져주면 수백 마리의 닭이 서로 달라며 여기저기에서 전속력으로 달려옵니다.

그 필사적인 모습이 우스워서 몇 번이나 잡초를 던져줍니다.

농장이 근처에 없어도, 개나 고양이를 키우지 않아도, 공원이나 거리에 모이는 비둘기나 참새를 바라보는 것만으로도 뇌가 멍해지면서 디폴트 모드 네트워크가 작동하는 것을 도와줍니다.

우리 집 베란다에는 종종 박새가 친구(?)를 데리고 찾아오는데, 그들이 짹짹 울면서 앙증맞게 움직이는 모습은 너무나 사랑스러워서 몇 시간이나 바라보고 있고 싶을 정도입니다.

그러나 그들이 베란다에 머물러주는 시간은 고작 3분 정도.

여러분도 피곤할 때면 꼭 창밖의 동물을 찾아 바라보시길 바랍니다.

언제든 커피 한 잔으로 릴렉스

통계에 따르면 네덜란드인은 하루에 평균 넉 잔의 커피를 마신다고 합니다(국제 커피 기관 조사).

아이들의 학교 선생님도 한 잔의 커피로 하루를 시작한다고 합니다.

아침에 아이들이 등교해서 교실에 들어오면 선생님은 한 손에 머그잔을 들고 아침 인사를 하면서 학생들 한 명 한 명과 악수를 합니다.

사무실에 커피를 마실 수 있는 공간이나 코너를 마련하는 것은 이제 기본입니다.

많은 회사에서는 커피를 몇 잔이든 무료로 마실 수 있습니다. **클라이언트와의 상담이나 협의도 우선은 한 잔의 커피로 시작됩니다.**

릴렉스하며 마음을 안정시키고 나서 스피디한 대화가 시작됩니다.

슈퍼마켓 안에서도 커피를 마시며 쉴 수 있습니다.

대부분의 슈퍼마켓에는 무료 커피머신이 있고, 조금 큰 편의점포에는 큰 테이블과 의자도 갖춰져 있습니다.

장을 보다가 종이컵의 커피를 마시면서 멍하니 테이블에서 쉬고 있는 할머니 같은 분을 종종 봅니다.

식육점이나 은행, 병원에서도 무료 커피가 제공되고 있습니다.

기다리는 시간을 지루하지 않게 하려는 배려입니다.

식육점 주인이 햄을 얇게 잘라주는 동안 커피를 한 잔 마시면 기다리는 시간도 순식간에 지나가 버립니다.

무료는 아니지만 평소의 출퇴근 전철 안에서도 아침저녁의 러시아워를 제외하고는 커피나 차를 팔러 다닙니다.

또 서점이나 도서관에도 커피 코너가 기본으로 마련되어 있습니다.

각자 차나 카푸치노를 마시면서 마음에 드는 책으로 유유자적하고 있습니다.

바야흐로 서점이 책만 파는 곳이 아니라 시민이 차를 마시면서 책과 유유자적하는 '닉센의 장'이 된 것이죠.

일본에서도 최근에는 서점에 병설된 '북카페'가 인기를 끌고 있는데 은행이나 상점 등에서도 잠깐 기다리는 시간에 무료 커피나 차로 닉센할 수 있는 곳이 늘어나면 생활이 좀 더 여유로워지지 않을까 싶습니다.

자유롭게 일한다

하루의 대부분을 직장에서 보내는 사람에게 사무실에서의 닉센은 중요합니다.

네덜란드의 많은 직장에서는 종업원이 일하는 틈틈이 릴렉스할 수 있는 방안이 마련되어 있습니다.

우선은 '커피 코너'.

커피는 네덜란드인의 '기본적 인권'이므로 빼놓을 수 없는 것입니다.

커피 코너 옆에 탁구대가 설치되어 있는 회사도 있습니다.

종업원이 컴퓨터로 뭉친 어깨를 동료와 탁구를 하며 풀 수 있습니다.

또 자전거 페달이 달린 의자가 많은 직장에 도입되어 있는데, 종업원은 페달을 밟아 혈액순환을 좋게 하면서 노트북을 보곤 합니다.

샤워 시설이 갖춰져 있는 직장도 드물지 않습니다.

상당한 거리를 자전거로 다니는 종업원을 위해 출근하며 흘린 땀을 샤워로 씻고 나서 일에 몰두할 수 있게 하기 위함입니다.

아침부터 샤워로 닉센하면 번뜩이는 아이디어가 떠오를지도 모릅니다.

그리고 정기적으로 열리는 '사내 회식'.

회식이라고 해서 거창한 것이 아니라 사무실 내에서 맥주나 콜라를 마시면서 열 명 정도의 동료가 모여 릴렉스한다는 것입니다.

평소에는 바빠서 이야기를 나누지 못하던 것을 릴렉스한 분위기에서 대화를 나눔으로써 서로에 대해 더 깊이 알거나 새로운 비즈니스 아이디어를 얻곤 한다고 합니다.

엘코 씨가 근무하는 대형 은행에서는 사내 회식을 'Domibo (Donderdagmiddagborrel=목요일 오후의 회식)'라 부르며 이름 그대로 매주 목요일 오후 4시께부터 시작합니다.

그들의 경우는 10~12명의 팀원이 돌아가며 맥주나 콜라를 냉장고에 넣어둔다고 합니다.

참가는 자유이고 10분쯤 마시다가 다시 업무로 돌아가는 사람도 있고, 5시까지 마신 후 그대로 곧장 퇴근하는 사람도 있습니다.

의무가 아니고 시간도 짧고 품과 돈이 들지 않는 것이 네덜란드식 회식입니다.

그런데 왜 금요일이 아니라 목요일일까요?

그것은 금요일에는 모두 좀 더 일찍 귀가하기 때문입니다.

금요일 밤은 많은 네덜란드인에게 진정한 '닉센 타임'입니다.

회사에 따라서는 오후 3시께부터 사무실을 닫는 곳도 있습니다.

일본에서는 최근 상사와 부하가 1대1로 개인이 안고 있는 문제나 장래의 꿈 등에 대해 이야기를 나누는 '1대1' 미팅이 유행하고 있는 모양입니다.

이 또한 상사와 부하라는 상하 관계를 없애고 릴렉스한 분위기 속에서 좋은 팀워크를 만들기 위한 시도이지만, 정기적으로 한 사람 한 사람 개별적인 면담을 하게 되면 시간이 꽤 많이 필요할 것 같습니다.

어쩌면 팀 내에서 이런 '자유로운 회식'을 일주일에 한 시간 정도 마련하는 것만으로도 충분할지 모릅니다.

시간도 돈도 들지 않는, 훌륭한 '회식 닉센'이 가능하지 않을까요?

야단치지 않는 양육법

어린아이가 나쁜 짓을 했을 때 당신은 어떻게 야단칩니까?

네덜란드인은 아이의 눈높이까지 몸을 숙이고 집게손가락을 그 아이의 얼굴 앞에 들이대면서 조금 엄한 어조로 "그런 짓을 하면 안 돼!"라고 주의를 주지만, 무턱대고 큰 소리로 호통치는 사람은 볼 수 없습니다.

물론 체벌은 당치도 않습니다.

학교에서도 선생님은 대개 아이들을 다정하게 대합니다.

그러나 주의를 줘도 아이가 말을 듣지 않을 때는 아이를 교실 구석에 세워놓습니다.

그때 아이는 얼굴을 벽으로 향하고 3~5분쯤 조용히 서 있어야 합니다.

우리 집에서도 아이가 두 살쯤 되었을 때부터 이 '처벌'을 해금했습니다.

"거기에 서 있어!"

엄마의 한마디에 벽을 보고 서게 된 아이는 처음엔 저항하며 도망가려고 했지만, 몇 번 벽으로 돌려보내진 후에는 단념하고 울면서 서 있었습니다.

그리고 엉엉 울던 것이 훌쩍임으로 바뀌더니 이내 숙연해졌습니다.

　그 뒷모습이 안쓰럽고 딱하고 우스워서 왠지 금방 용서해주고 싶어지지만 3분 정도는 부모도 참습니다.

　이 시간은 아이에게 정말로 긴 시간일 것입니다.

　이 '긴' 3분 동안 아이는 매우 안정됩니다.

　일단 벽을 향해 닉센함으로써 흥분되어 있던 상태에서 자신으로 돌아오는 것입니다.

　"제가 잘못했어요……."라고 반성까지는 하지 않을지도 모르지만 혼자 벽을 보고 있는 3분 동안 호흡이 안정되고, 마음이 차분해져서 자신의 상황을 조금 냉정하게 받아들일 수 있게 되는 것이겠죠.

　아이에게 벌을 내리는 참 좋은 방법이라고 생각합니다.

　멍하니 있을 때 기능하는 뇌의 '디폴트 모드 네트워크'는 자신의 과거, 현재, 미래를 연결하여 자신이 놓인 상황을 객관적으로 보는 것을 도와주기 때문에 그것이 효과를 나타낸다고 여겨집니다.

자신의 상황을 객관적으로 봄으로써 자신으로 되돌아올 수 있는 것입니다.

좀 더 큰 아이에게 적합한 처벌 방법은 '아이의 방'에 들여보내는 것입니다.

가족 모두가 모이는 거실이나 친구와 놀 수 있는 밖으로 나가는 것은 허락하지 않고 일정한 시간 자기 방에 틀어박혀 있어야 합니다.

이웃집 여자아이가 종종 골난 얼굴로 2층에 있는 자기 방의 창문으로 밖을 내다보고 있는데, 그것이 바로 '닉센 처벌'입니다.

그렇게 강제로 닉센을 시킴으로써 마음을 안정시키는 방법을 자연스럽게 터득하는 것일지도 모릅니다.

무턱대고 호통을 치거나 체벌을 가하는 것이 아니라 아이가 자신을 돌아보는 시간을 주는 '닉센 처벌'.

일본의 학교나 가정에도 도입할 것을 권합니다.

너무 많이 생략된 도시락

네덜란드의 학교는 매일 도시락을 지참하는 것이 기본입니다.

나도 매일 아침 아이들의 도시락을 싸고 있지만, 도시락을 싸려고 아침 일찍 일어나지는 않습니다.

도시락은 3분이면 쌀 수 있기 때문입니다.

도시락의 내용물은 샌드위치.

샌드위치도 달걀이나 샐러드가 들어간 제대로 된 것이 아니라 땅콩버터나 잼만 바른 것입니다.

또는 햄이나 치즈를 달랑 끼워 넣은 것.

여기에 사과나 바나나 같은 과일을 추가하면 끝.

이런 도시락이라면 요리가 서툰 사람이라도 누구나 쉽게 만들 수 있습니다.

초등학생도 고학년이 되면 밖에 나가기 전에 스스로 뚝딱 준비하는 아이도 있습니다.

그중에서도 아이들에게 인기가 있는 샌드위치는 '하겔슬래그Hagelslag'라 불리는 초콜릿 플레이크(얇게 자른 조각)를 뿌린 것.

빵에 마가린이나 땅콩버터를 바르고 그 위에 이 가는 초콜릿 플레이크를 듬뿍 뿌리고 빵을 한 장 더 덮으면 됩니다.

딱 '간식'이지만 네덜란드에서는 이것을 매일 도시락으로 가지고 오는 아이가 많습니다.

언뜻 영양 균형이 맞지 않아 보이지만, 그것은 전혀 신경 쓰지 않습니다.

오히려 초콜릿은 에너지원이고 도시락과 함께 과일을 매일 가지고 가므로 영양 균형은 그것으로 충분하다고 여겨지고 있습니다.

나도 처음엔 이 초콜릿 빵을 점심 식사로 먹는 것에 거부감이 들었지만, 네덜란드인은 이렇게 먹고도 훌륭히(과할 정도로) 성장했고, 수명도 일본 다음으로 길고, 성격도 타국민과 비교해 특별히 비뚤어졌다고도 생각할 수 없으므로 '이것으로도 충분하구나.'라고 긍정적으로 받아들이고 있습니다.

무엇보다도 아이들이 좋아하고 나도 편한 것이 도움이 됩니다.

'캐릭터 도시락' 같은 보기에도 좋고, 영양 균형을 갖춘 도시락을 싸는 어머니들은 도시락을 싸는 게 부담스럽다면 과감히 생략해봐도 되지 않을까요?

요리는 자기 자신이 즐길 수 있는 만큼만

재작년, 네덜란드에서는 〈Tokidoki〉라는 텔레비전 프로그램을 통해 일본의 실상을 재미있게 소개한 바 있습니다.

방송에는 어느 일본인 여성이 아침 5시에 일어나 도시락과 아침 식사를 준비하는 장면이 나왔습니다.

아스파라거스를 데치고, 구운 베이컨을 말고, 달걀프라이를 부치고…….

그것을 본 네덜란드인들은 "저런 걸 매일 하는 거야? 대단하네!"라고 감탄하는 것과 동시에 "일본인 여성이 아니라 다행이다……."라는 감상을 남겼습니다.

네덜란드의 식사는 매우 간단해서 음식을 만드느라 시간과 품을 들이는 사람이 아무도 없습니다. 아침과 점심은 빵 위주로 식사하고, 따뜻한 요리가 나오는 것은 저녁 식사뿐.

저녁 식사도 주로 고기와 감자, 채소가 중심인 전통적으로 매우 소박한 식탁입니다.

이것은 질소質素와 검약儉約을 중시하는 기독교 칼뱅주의에서 많은 영향을 받았기 때문이라고 합니다.

최근에는 음식의 세계화가 진행되어 네덜란드의 식탁도 상당히 다채로워지고 풍성해졌지만, 시간과 품을 들이지 않는다는 태도는 별로 변하지 않은 것 같습니다.

한편, 일본의 식탁은 전 세계 사람들이 부러워할 정도로 질이 높습니다.

아침은 그렇다 쳐도 점심과 저녁은 따뜻하고 맛있는 식사가 준비되고, 가짓수도 네덜란드에 비하면 많고, 영양 균형도 잘 맞습니다. 가족을 위해 그런 요리를 매일 만드는 사람을 존경하지 않을 수 없습니다.

그러나 이 또한 너무 열심히 하려고 하거나 의무화가 되어버리면 힘들 수 있습니다.

가족이 좋아하는 요리를 열심히 만드는 것에 행복을 느끼면서 한다면 괜찮지만, 그로 인해 수면이 부족해지거나, 닉센 시간이 없어지거나, 기분이 나빠지거나 하면 즐겁지 않습니다.

매일 하는 일이므로 스트레스를 받지 않고 자신이 즐길 수 있는 범위에서 하는 것이 중요합니다.

융통성을 갖고 하루하루를 기분 좋게 보내는 것에 무게를 두어야 합니다.

그림책으로 릴렉스

자기 전에 아이에게 그림책을 읽어주는 것은 마음이 안정되고 따뜻해지는 순간입니다.

네덜란드에서도 어린 자녀가 자기 전에 책을 읽어주는 것이 습관인 사람이 많습니다.

그림책을 읽는 것은 아이는 물론 어른에게도 릴렉스 효과가 있다고 합니다.

우선 독서 자체에 릴렉스 효과가 있습니다.

영국 서섹스 대학의 조사에 따르면 피험자에게 퍼즐을 맞추게 하여 스트레스를 준 뒤 책을 읽게 하는 실험을 했더니 처음에는 긴장 상태를 나타내는 교감신경 우위의 상태에 있던 것이 6분 후에는 부교감신경 우위의 릴렉스 상태로 옮겨가는 것을 알 수 있었습니다.

그중에서도 그림책은 다정한 말로 리듬감이 좋아서 음독할 때 릴렉스 효과가 더 크다고 합니다.

한편, 책 읽어주는 소리를 듣는 아이들에게도 릴렉스 효과가 있다고 합니다. 일본 리쓰메이칸 대학의 연구에서는 5~6세의 유치원생에게 그림책을 읽어주고 그 전후로 심박수와 체온을 측정했더니 책을 읽어준 후에 아이들의 심박수가 내려가는 한편, 체온이 올라가는 결과가 나왔습니다.

이 또한 부교감신경이 우위가 되어 아이들이 릴렉스 상태에 들어간 것을 나타냅니다.

네덜란드의 그림책 작가로는 《미피》 시리즈의 딕 브루너 씨가 압도적으로 유명하지만, 네덜란드의 국민 그림책인 《위플랄라》의 안니 M. G. 슈미트 씨나 《개구리》 시리즈의 막스 벨트하우스 씨도 세계적으로 알려져 있습니다.

일러스트레이터인 샤를로테 데마톤스 씨의 글자가 없는 그림책도 인기가 높은데, 《노란 풍선의 세계 여행》이나 《네덜란드》 등 하늘에서 내려다보는 시점으로 거리와 자연, 인간을 그린 정교한 삽화는 읽는 이로 하여금 시간 가는 줄 모르고 책 속에 빠져들게 합니다.

중학생인 아들은 흥분해서 잠을 잘 수 없을 때면 아직도 그녀의 책을 보아야 잠이 듭니다.

우리 집에서는 일본에서 보내준 일본어 그림책을 아이들에게 읽어주었습니다.

그림책은 수십 년 동안이나 꾸준히 팔리는 롱셀러인 것이 많은데《구리와 구라》나《다루마짱》시리즈 등은 나도 어렸을 때 읽었던 책입니다.

어느 책이나 시대를 느낄 수 없는 명작들로 수십 년의 세월을 사이에 두고 아이들의 마음을 단단히 사로잡았습니다.

그림책을 보면서 나도 멍하니 어렸을 때로 시간 여행을 하며 훌륭한 닉센이 되고 있습니다.

필시 그림책과 같은 효과이겠지만, 과거의 그리운 사진을 보는 것도 릴렉스 효과가 있다고 합니다.

옛날 사진을 보고 자신의 과거를 멍하니 돌이켜보는 것이 뇌의 '디폴트 모드 네트워크'를 발동시키는 것이겠죠.

자녀가 없는 사람도 자기 전에 그림책이나 앨범을 보는 것을 습관으로 해보는 것은 어떨까요?

때로는 일보다 운동 경기 관람이 먼저

축구는 네덜란드인의 국민 스포츠입니다.

실제로 플레이하는 사람만 100만 명 이상이라고 하는데, 관람 인구는 그보다 훨씬 많고 '나의 닉센'으로 축구 경기 관람을 꼽는 사람도 꽤 많습니다.

엄밀히 말하면 축구 관람은 격렬한 경기에 흥분하는 경우도 많으므로 '아무것도 하지 않는' 닉센은 아니지만, 일이나 잡혀 있는 일정을 제쳐두고 머릿속을 텅 비우기에는 매우 좋은 릴렉스 법입니다.

저녁 식사 후, 맥주를 한 손에 들고 텔레비전 앞에 앉아 국내 리그나 챔피언십 리그 등을 관람하는 것은 팬으로선 지극히 행복한 순간입니다.

그중에서도 네덜란드가 축구 광풍에 휩싸이는 것은 4년마다 개최되는 유로컵과 월드컵.

네덜란드 팀을 응원하기 위해 거리가 온통 네덜란드의 유니폼 색인 오렌지색으로 물듭니다.

가정집 외에 고깃집도, 이발소도, 슈퍼마켓도…… 모든 곳에서 오렌지색 깃발이 펄럭입니다.

차에도 오렌지색 깃발.

그리고 거리의 분수도 오렌지색 물줄기를 뿜어 올립니다.

오렌지색 마케팅도 치열하게 펼쳐집니다.

포테이토 칩, 초콜릿, 쿠키 등의 과자류부터 화장실 휴지까지 전부 오렌지색입니다.

중요한 시합이 있는 날이면 일은 안중에도 없습니다.

저녁부터 시합이 시작될 때도 오후가 되면 이미 모두 들떠서 3시 정도에는 귀가 행렬이 줄을 잇습니다.

그날은 "일이 되지 않는다."며 아예 사무실에 출근하지 않는 사람도 있습니다.

시합이 시작되면 도로는 이미 한산합니다.

한편, 거리의 술집이나 카페, 광장의 대형 스크린 앞에는 오렌지색의 티셔츠나 드레스를 입은 축구 팬들이 모여 한바탕 축제 분위기를 연출합니다.

암스테르담의 인공 해변에서는 모래에 발을 묻고 맥주를 마시며 팬들이 축구 관람을 즐깁니다.

물론 각 가정에서는 가족이나 친구가 모여 맥주와 안주를 앞에 놓고 텔레비전을 봅니다.

현장감을 내기 위해 집 거실에 인조 잔디를 깐 사람도 있었습니다.

내가 일본에서 일하던 때 한국과 일본이 월드컵 개최지가 되어 일본이 출전하는 시합을 사무실 텔레비전으로 관람한 적이 있는데, '일하면서 눈치를 살피며 힐끔힐끔 보는' 어정쩡한 상태였던 것이 기억납니다.

근무 시간은 이미 지났고, 어차피 일도 되지 않는다면, 미련 없이 집에 돌아가서 여유롭게 보는 게 나았을 텐데…… 하고 지금 되돌아보며 후회합니다.

작년에는 일본에서 럭비 월드컵이 개최되어 평소에는 럭비를 보지 않는 사람도 '벼락 팬'이 되어 열띤 응원을 펼쳤습니다.

자국에서 실시간으로 이런 이벤트를 즐길 수 있는 것은 좀처럼 없는 귀중한 기회입니다.

조만간 일본에서는 올림픽이 개최될 텐데, 무슨 일이 있어도 실시간으로 보고 싶은 경기가 있을 때는 과감히 일찍 귀가하여 '관람 닉센'을 해보는 것도 좋지 않을까요?

네덜란드는 지금까지 축구 월드컵에서 결승전에 3회 진출했지만, 아직 우승은 한 적이 없습니다.

2010년 월드컵에서 결승전까지 갔을 때는 전 국민이 그야말로 열광의 도가니였습니다.

결승전에서 스페인에 패하고 말았지만 돌아온 선수들은 암스테르담의 운하를 보트로 퍼레이드하며 따뜻한 환대를 받았습니다.

2014년 월드컵에서도 3위로 선전하여 모두가 흥분에 싸였던 것은 기억에도 생생합니다.

그러나 2016년의 유로컵과 2018년의 월드컵에서는 출전권을 따내지 못해서 대회가 열리는 동안에도 전혀 흥이 오르지 않았습니다.

2020년의 유로컵에는 두 대회 만에 출전할 예정입니다.

오렌지색의 열광이 기대됩니다.

열두 살은 진로의 갈림길

네덜란드의 아이들은 열두 살 때 한 번 인생의 기로에 섭니다.

중학교와 고등학교에 진학할 때, '진학 코스'인지 '직업 코스'인지 어느 정도 선별되는 것입니다.

이것은 초등학교의 최종 학년 때 실시되는 전국 공통 시험과 그때까지의 학습 이해도를 보고 담임 선생이 내린 판단에 근거하여 결정됩니다.

학구제가 없고, 스스로 학교를 선택하는 시스템이므로 초등학생은 고학년이 되면 매년 1월경에 열리는 각 학교의 '오픈데이'를 부모와 함께 견학하고, 최종적으로 자신의 수준과 성향에 맞는 학교를 선택합니다.

물론 열두 살 때 모든 것이 결정되는 것이 아니라 그 후에 흥미나 능력에 변화가 생기면 진로를 바꿀 수도 있는 시스템입니다.

참고로 네덜란드의 대학 진학률은 고작 10퍼센트입니다.

게다가 대학 졸업까지 이르는 사람은 그중에서 30퍼센트 정도라 합니다.

네덜란드에서는 대학보다 직업대학(Hogeschool)을 나오는 사람이 많고, 실은 일본에서 말하는 '대학'의 학사 레벨이 이쪽에 더 가까울지도 모릅니다.

단지 일본과는 달리 네덜란드의 직업대학에서는 일과 직결된 실무적인 것을 배웁니다.

아들의 중학교 학부모 설명회에서 교장 선생님이 말했습니다.

"앞으로의 중고교 학교생활은 '자신을 발견하는 여행'입니다. 자신이 무엇을 할 때 행복하다고 느끼는지, 무엇을 할 때 노력이 필요한지를 재학 중에 잘 찾아보길 바랍니다."

자신을 발견한다…… 생각해보면 이것은 행복한 인생을 보내기 위한 첫 걸음입니다.

자기 기준을 갖고, 자신의 인생을 살기 위해서는 우선 자신을 알아야 합니다.

일본에서는 '명문 대학'에 들어가 '대기업'에 취직하는 것이 교육의 목표 처럼 되어버렸지만, 자신을 발견하지 못한 채 큰 파도에 휩쓸려가는 것은 불행한 결과를 초래할 수밖에 없습니다.

어렸을 때부터 인생의 소중한 질문을 의식하면서 진로를 선택하는 네덜 란드의 시스템은 엄격하면서도 이치에 맞는 것이 아닐까 싶습니다.

IV
바캉스로 텅 비운다
– 마음속 깊은 곳에서부터 릴렉스한다

'바캉스'의 어원은 라틴어의 'vaco'입니다.

'자유로운' '비우는' 등과 같은 의미가 있다고 합니다.

우리는 흔히 이 말을 '휴가'라는 의미로 사용하고 있지만, 본래 바캉스란 예정이 없는 '텅 빈' 상태입니다.

그러므로 여행이나 레저 활동으로 꽉 짜여 있는 휴가는 바캉스가 아닙니다.

진정한 바캉스를 보내기 위해서는 어떻게 하면 될까요?

네덜란드인의 바캉스를 들여다보겠습니다.

바캉스 중에는 메일도 보지 않는다

네덜란드인의 유급휴가는 1년에 평균 25일입니다.

여기에 주말이나 국경일을 붙여 네덜란드인은 대개 평균 2~3주 간의 휴가를 1년에 2~3회 갖습니다.

유급휴가의 소화율은 거의 100퍼센트.

국경일이 많다고는 해도 얼마 안 되는 유급휴가조차 소화하기 어려운 일본인에게는 한숨이 나올 법한 상황입니다.

이렇게 휴가가 많으면 그동안의 일은 어떻게 될지…… 일본인이라면 걱정하겠지만, 그동안은 역시 일이 밀리는 경우가 많습니다.

다른 동료가 그 사람의 부재를 메꿔주고, 그 사람만이 답할 수 있는 질문이 온 경우에는 긴급 전화를 걸기도 하지만, 어지간한 일이 아니면 본인이 휴가에서 돌아올 때까지 그 안건은 보류됩니다.

주위의 동료들도 휴가 중에는 그 사람을 아예 없는 사람으로 치고 대처합니다.

그러므로 휴가는 일이 없을 때를 골라서 잡아야 되겠지만, 그런 것에는 별로 신경 쓰지 않고 휴가를 잡는 경우도 많습니다.

고지식한 일본인이라면 "뭐? 이렇게 바쁜 시기에 휴가라고?"

라며 벌어진 입을 다물 수 없을 때도 마찬가지입니다.

　네덜란드인과 거래가 있는 일본인 비즈니스맨이라면 "적어도 해야 할 일은 해놓고 바캉스를 가야지!"라며 화를 낼지도 모릅니다.

　그러나 그들은 자녀의 학교 방학에 맞춰 반년~1년 전에 바캉스용 호텔이나 아파트를 예약해놓은 경우도 있고, 그 경우에는 일 때문에 취소한다는 것도 어려운 일일 것입니다.

　업무 스케줄보다 휴가 스케줄이 우선시되는 것은 어떤 의미에서 '무엇을 위해 일하는가.' '무엇을 위해 사는가.'를 충실하게 반영하고 있고, 남의 눈치를 보지 않는 당당함마저 느끼게 합니다.

　또 반대로 이 정도로 자신의 스케줄을 우선시할 수 없다면 과감하게 2~3주간 일을 떠날 기회를 잡는 것은 어려울 것입니다.

　물론 글로벌 경쟁 속에서 매일 최전선에서 싸우고 있는 사람은 바캉스를 떠나도 노트북을 챙겨 가서 늘 중요한 메일에 대응할 수 있게 대비하고 있습니다.

　그러나 "저는 ○월 ○일까지 휴가이므로 답장은 돌아와서 하겠습니다."라는 자동 답장 메일을 설정해놓은 사람도 많아서 이런 회신을 받은 사람은 이제 좌선이라도 하며 기다릴 수밖에 없습니다.

실제로 가족이나 친구와의 귀중한 바캉스를 중단하면서까지 답해야 하는 질문이 세상에 얼마나 있을까요?

그렇게 바로 답장을 보내지 않아도 대부분의 일은 돌아갑니다.

바캉스 중일 때만큼은 업무 연락으로부터 완벽하게 떨어진 자신을 허락해보는 것도 괜찮습니다.

바캉스 직후엔 메일 폭풍에 시달릴지도 모르지만, 그 또한 충분히 쉰 뒤에는 릴렉스한 기분으로 정리할 수 있지 않을까요?

"주위의 시선이 신경 쓰여서 쉴 수 없다."

"나에게 닉센할 수 있는 시간 따윈 없어."

이렇게 말하는 사람들이 우리 주위엔 많은데, 그런 사람이야말로 자신의 스케줄을 우선시하는 것이 중요합니다.

쉬지 않고 일만 계속하면 몸과 마음이 서서히 망가져서 치료나 요양에 시간을 허비하게 될 수밖에 없습니다.

확실하게 휴식을 취하며 닉센하는 것은 우리가 일을 잘하고 인생을 충실하게 살기 위해서 꼭 필요한 일입니다.

쉬는 것에 죄책감을 느낄 필요는 없습니다.

내가 쉬니까 다른 사람도 당연히 쉴 수 있다.

한 사람이 용기를 내서 닉센하면 그것이 돌고 돌아서 모두가 적극적인 자세를 키울 수 있게 될 것입니다.

여행은 무계획이 좋다

"여름 휴가는 뭘 하며 보냈어?"

휴가를 마치고 돌아온 어느 날 네덜란드인 동료가 내게 물었습니다.

"일본에 다녀왔어. 홋카이도에서 래프팅도 했고."

내 대답에 그는 이런 코멘트를 했습니다.

"넌 휴가 때 뭔가를 하는 사람이구나! 난 해변에서 내내 책만 읽었는데."

그도 분명 어딘가의 해변까지는 간 듯했지만, 그 후 그냥 한가하게 쉬는 모습이 눈에 떠오릅니다.

긴 여름 휴가.

네덜란드인은 종종 캠핑을 떠납니다.

네덜란드의 캠프장 수는 2,000곳이 넘기 때문에 도시에 살아도 30분만 차를 타고 가면 캠프장에 도착할 수 있습니다.

캠프장에서는 오로지 닉센하는 것이 네덜란드류.

덱 체어에 누워 일광욕을 즐기거나 책을 읽거나⋯⋯.

기분이 내키면 근처 숲이나 들판을 산책하거나, 차에 싣고 온 자전거를 타고 주위를 돌기도 합니다.

나도 딱 한 번 네덜란드류 캠프 휴가를 시도해본 적이 있는데, 일주일쯤 되니 도저히 마음이 진정되지 않고 '뭔가를 해야 한다.'는 기분에 사로잡히고 말았습니다.

유럽의 이웃 국가들로 여행을 가도 이동지에서는 매일의 관광 계획이나 친구가 추천해준 레스토랑 순례로 일정이 빼곡히 차 있습니다.

전에 부모님을 모시고 이탈리아의 토스카나 지방에서 아파트를 빌려 2주가량 머문 적이 있는데, 그동안 아파트의 수영장에서 한가롭게 쉬는 유럽인들을 거들떠보지도 않고 우리 가족은 매일 렌터카를 타고 근처 도시를 정신없이 돌아다녔습니다.

그러나 그런 식으로 일정을 빡빡하게 잡으면 그 일정을 다 소화했을 때는 피곤하고, 그 일정을 다 소화하지 못했을 때는 크게 실망하게 됩니다.

특히 친구가 추천해준 레스토랑에 도착하지 못하거나 헐레벌떡 도착했는데 운 나쁘게도 문을 닫았을 때의 실망감은 이루 말할 수 없습니다.

모처럼 활력을 되찾으려고 떠난 휴가인데 역효과.

이래서는 오히려 스트레스가 쌓여서 무엇을 위한 여행이었는지 모르게 됩니다.

여행을 떠난다면 적어도 하루는 무계획의 날로 잡기를 권합니다.

그때의 날씨나 기분에 따라 갈 곳을 정해도 되고, 목적 없이 빈둥거려도 됩니다.

그날은 공원이나 아파트의 방, 호텔의 수영장 등에서 아무것도 하지 않고 오로지 닉센만 해도 되겠죠.

그런 날이 하루 있는 것만으로도 여행의 릴렉스도가 크게 달라질 것입니다.

아무 생각 없이 걷다 우연히 발견한 교회에 들어갔다가 생각지도 못한 파이프오르간 연주나 가스펠을 듣는 귀중한 경험을 할 수도 있습니다.

아시아의 사원도 대개는 자유롭게 출입할 수 있으므로 산책 도중에 조용한 공간에서 멍하니 앉아봐도 될지 모릅니다.

식당도 미리 맛집을 검색해서 정해놓고 가지 말고 그 지역 주민이 줄을 지어 서 있는 식당에 같이 줄을 서보는 것도 좋고, 도로 쪽 테라스에서 누군가 맛있어 보이는 음식을 먹고 있는 것을 보았다면 그곳에 들어가 같은 메뉴를 주문해서 먹어보는 것도 좋을 것입니다.

그렇게 새로운 맛집이나 맛있는 음식을 발견하거나, 반대로 실패하여 끔찍한 경험을 하는 것이 여행의 참맛 중 하나라 할 수 있지 않을까요?

계획이 없는 여행은 일정이 빽빽하게 잡힌 여행보다도 즐겁고, 자극적이고, 추억으로 남는 것과 동시에 우리를 계획으로부터 해방시켜서 아무것도 하지 않고 그 지역의 공기를 즐길 여유를 줍니다.

모처럼의 휴가.

진정으로 몸과 마음이 쉴 수 있는 휴가를 보내시길 바랍니다.

선물은 사지 않는다

여행을 떠나는 즐거움 중 하나는 그 지역의 특산품을 선물로 사 오는 것인데, 네덜란드인은 놀라울 정도로 선물을 사지 않습니다.

이웃의 네덜란드인도 주말이나 휴가를 이용해서 유럽의 여러 나라를 비롯해 가끔은 중국, 태국, 말레이시아 등 멀리 떨어져 있는 나라로 여행을 다녀오지만 그에게서 선물이라곤 한 번도 받은 적이 없습니다.

다른 사람에게 주는 선물뿐만 아니라 자신을 위해서도 거의 선물을 사지 않는 듯합니다.

그 지역의 특산품을 현지에서 먹고, 재미있게 체험하고, 추억으로 사진을 찍으면 그것으로도 충분한 것이겠죠.

사실, 어느 지역에서 맛있는 것을 먹고 그것을 가지고 와서 집에서 먹으면 의외로 실망하는 경우도 많습니다.

난 베트남 커피나 뉴올리언스의 '베니에(도넛)' 분말을 사 와서 집에서 그 맛을 재현하려고 시도한 적이 있는데, 역시 현지의 공기나 물, 기름과 같은 것이 필요하더군요.

생각만큼 맛있지 않아서 실망한 기억이 있습니다.

또 들뜬 나머지 현지의 민속 의상을 사고 말지만, 귀국해서 그런 옷을 입을 기회가 거의 없으니 옷장에서 먼지만 뒤집어쓰고 있는 것이 현실입니다.

현지에서의 체험은 갖고 돌아오지 말고, 그 자리에서 실컷 즐기며 기억에 새기는 것이 좋습니다.

그렇지 않아도 자꾸 늘어나는 여비를 억제하는 지혜이기도 합니다.

여행 경험이 풍부한 네덜란드인은 그것을 경험에서 배운 것일지도 모릅니다.

나의 어머니나 이모는 네덜란드에 오실 때마다 엄청난 양의 선물을 사서 돌아갑니다.

가족과 친구, 이웃 사람, 수강 동기…… 매번 초콜릿이나 쿠키를 여행 가방이 빵빵해지도록 꽉꽉 채워서 돌아가는 모습이 조금은 불쌍해 보일 정도입니다.

물론 그녀들은 선물을 사는 것이 즐거움이므로 그것을 부정할 수 없습니다.

그러나 언젠가 내가 어머니와 둘이서 인도에 가고 싶다고 말하자 어머니가 "선물은 뭐가 있을까?"라고 말했을 때는 놀라서 입을 다물 수가 없었습니다.

아직 가지도 않았는데 선물 살 생각부터 하다니…….

나도 귀국할 때는 일본에 있는 가족이나 친구에게 줄 선물로 여행 가방이 빵빵해져버리지만, 귀국 이외의 여행 때는 선물을 사지 않습니다.

주위의 네덜란드인에게 줄 선물이 필요하지 않기 때문입니다.

선물 걱정 없이 가볍게 할 수 있는 여행은 마음이 참 편합니다.

일본인 중에서도 선물을 사지 않는다는 주의를 가진 사람이 있고, 그런 사람에게는 주위 사람도 사다 주지 않으므로 선물을 주고받지 않게 됩니다.

선물을 주고받지 않는 것을 외롭다고 생각하는 사람이나 선물을 사는 것 자체에 행복을 느끼는 사람은 그 습관을 유지하면 된다고 생각하지만, 의무처럼 되어서 힘들다……고 생각하는 사람은 '선물을 사지 않는 주의'가 되어도 되지 않을까요?

'닉센 여행'을 하는 하나의 지혜라고 생각합니다.

원래 선물은 그곳에 가지 않은 사람을 기쁘게 해주려고 사 오는 것이 아닌가요?

그 마음이 담기지 않은 형식적인 선물이 되면 주는 사람이나 받는 사람에게 모두 성가신 게 되어버립니다.

선물과 함께 한 가지 더, 사진도 여행의 추억으로서 잔뜩 찍고 싶어지는 것입니다.

최근엔 SNS로 사진을 공유하는 것이 일상화되었기 때문에 더욱더 그렇습니다.

출발하는 순간부터 시작해서 호텔의 아침 식사, 각지의 관광 명소, 재미있는 개, 지역의 골목, 식당, 카페, 가게…… 모든 것이 '공유'의 대상입니다.

그러나 그것도 지나치면 '사진을 공유하기 위한 여행'이 되어 '카메라'에 담지 못하는 '날것'의 풍경이나 그 지역의 분위기를 충분히 즐길 여지가 없어져버리는 듯한 기분이 듭니다.

물론 여행의 추억으로서 사진을 찍지만, '공유'를 전제로 한 촬영에서 자신을 해방시키면 여행의 추억은 좀 더 또렷한 것이 될지도 모릅니다.

숙제가 없는 여름방학

"5, 4, 3, 2, 1, 즐거운 여름방학을!"

종업식에서 교장 선생님의 선창으로 카운트다운하며 시작되는 긴 여름방학…… 네덜란드의 학교는 7~8월에 걸쳐 6주간의 여름방학에 들어갑니다.

이 기간에 숙제는 일절 없습니다!

현지의 초중학교에 다니는 우리 아이들도 여름방학은 오로지 놀기만 합니다.

학교 숙제가 없을 뿐만 아니라 수영이나 라디오 체조와 같은 활동에 대한 강제도 없고, 축구 클럽이나 피아노 교실 등 강습도 모두 중지됩니다.

피아노 등, 방학 동안에는 연습 시간이 충분한데도 일부러 과제곡이 줄어들 정도입니다.

6주간이나 무엇을 할까요?

기본적으로는 한가하게 보냅니다.

물론 부모는 6주 동안 계속 쉴 수 없으므로 어린아이가 있는 가정에서는 방학을 보내는 것이 여간 힘든 게 아닙니다.

2~4주간은 캠프나 여행으로 보내지만 남은 방학은 할머니, 할아버지에게 맡기거나 여름 캠프나 돌봄교실을 이용하곤 합

니다.

아무것도 하는 것이 없으면 아이들도 심심해하곤 하지만, 그 또한 여름방학.

중고생 등은 친구끼리 수영장이나 근처 물가에 가서 일광욕하며 온종일 닉센합니다.

반대로 재작년 여름방학 때 일본에서 네덜란드로 놀러 온 조카(당시 초등학교 6학년)는 숙제를 잔뜩 갖고 왔습니다.

마음껏 여유를 부리며 닉센하는 내 아이들 옆에서 매일 숙제에 쫓기는 조카.

모처럼의 방학인데 그렇게 지내는 모습을 보니 왠지 짠했습니다.

생각해보면 나의 초등학생 시절에도 여름방학에는 숙제가 산더미였습니다.

국어와 수학 숙제에 더해 그림일기, 독후감, 과학이나 사회의 자유 연구, 가정과의 수예, 공작…… 게다가 아침 라디오 체조나 학교 수영 연습 참가도 과제였습니다.

방학인데 내 마음속엔 늘 '○○을 해야 해.'라는 의무감이 소용돌이치고 있었던 것을 기억합니다.

그런데도 계획에 맞춰 숙제를 제대로 하지 않아서 여름방학의 마지막 일주일 동안은 가족이 총동원되어 내 숙제를 도와준 적도 있었습니다.

돌이켜보면 여름방학 숙제가 계획성이나 의욕, 학력 등에 좋은 영향을 미쳤다고는 생각하지 않습니다.

오히려 그렇게 많은 숙제는 필요 없었다고 생각할 수밖에 없습니다.

최근에 알게 된 것은 학교 선생님도 여름방학엔 거의 쉬지 못한다고 합니다.

중학교 교원을 퇴직한 분에게서 일본의 학교는 여름방학에도 학교를 매일 열고 선생이 상주한다는 말을 듣고 무척 놀랐습니다.

학교를 열고 무엇을 하는지 물어보았더니 "아무것도 하지 않는다."는 대답이었습니다.

실은 닉센할 수 있는 절호의 기회일지도 모르는데, 한여름에 교무실에서 아무것도 하지 않는데 출근해야 하는 것은 정말 난

센스입니다.

그럴 바에는 집이나 휴가지에서 닉센하는 쪽이 선생으로서의 예기銳氣를 키울 수 있고, 시간을 헛되게 보내지 않을 수 있다고 생각합니다.

일본의 찜통 같은 여름을 생각하면 여름엔 다양한 활동을 조금은 줄이는 게 낫지 않을까요?

출근만으로도 땀범벅이 되어 지쳐서 효율이 오르지 않는 상태에서 일하기보다 더운 여름은 몸과 마음을 쉬는 데 쓸 수 있도록 1년 치 일을 조정하길 바랍니다.

많은 사람이 여름에 확실히 휴가를 잡을 수 있게 되면 자연스럽게 '여름엔 일이 정체된다.'는 분위기가 만들어져서 모두가 휴가를 잡기 쉬운 선순환이 만들어진다고 생각합니다.

그리고 휴가 중에는 어른이나 아이나 철저하게 쉬어야 합니다.

그 첫걸음으로 나는 우선 초등학교의 숙제를 그림일기만 남겨두고 다 없애는 것이 좋지 않을까 생각합니다.

어렸을 때의 닉센이 휴가를 즐길 수 있는 어른을 만드는 법입니다.

해변에서 바람을 느끼다

영화 〈태양은 가득히〉에서는 대부호의 방탕한 아들이 취미로 요트 여행을 즐기는 장면이 나옵니다.

남이탈리아의 메마른 햇볕을 쬐면서 요트 위에서 바람에 몸을 맡기는 젊은이들. 반짝반짝 빛나는 드넓은 바다에는 돌고래가 유영하고 있습니다.

보는 사람도 자기도 모르게 넋을 잃고 맙니다.

일반적으로 요트 여행은 부자만의 특권이라는 이미지가 있습니다만, 네덜란드에서는 서민 사이에서도 꽤 인기가 높습니다.

여하튼 해발보다 낮은 땅이 많고, 물이라면 부족하지 않은 국토.

암스테르담에서도 차나 자전거와 나란히 운하 위를 운항하는 요트를 볼 수 있습니다.

'개인 요트'를 갖고 있는 사람도 드물지 않고 운하의 연변에 사는 사람은 집 앞에 요트를 정박해놓고 그곳에서 직접 운하를 타고 나갑니다.

올해 스물두 살인 쿤과 열여덟 살인 말라인도 어렸을 때부터 요트와 친하게 지냈습니다.

여덟 살 때부터 레슨을 받기 시작했고, 쿤은 지금 강사 자격증도 갖고 있습니다.

젊은 그들은 '개인 요트'를 살 여유가 없기 때문에 네덜란드 북부의 프리슬란트나 남서부의 루르몬트에서 요트를 임대해서 항해를 즐기고 있습니다.

평균적인 임대 비용은 1일 100유로(약 13만 2,000원) 전후.

크고 호화로운 요트를 4~5명이 빌리면 그렇게 비싸지 않습니다.

자격증이 없어도 누구나 쉽게 요트를 빌릴 수 있다고 합니다.

짧은 바캉스에도 맥주와 안주를 쌓아놓고 친구와 1박 2일로 즐기기에는 요트 여행이 안성맞춤.

갑판에서 태양과 바람을 느끼며 맥주를 한 손에 들고 한가롭게 수다…… 이보다 더 사치스러운 닉센이 있을까요?

그런데 네덜란드에는 '알츠바이엔Uitwaaien'이라는 말이 있습니다.

이 말은 '바람을 맞으며 머리를 맑게 한다.'는 뜻으로 바람이 강하게 부는 곳에 몸을 두는 것 외에도 예를 들면 바람을 뚫고 자전거를 타거나 조깅을 하는 것과 같은 장면에서도 사용됩니다.

사람은 바람 속에 몸을 두는 것만으로도 스트레스를 해소할 수 있다고 합니다.

고민을 날려버리고 신선한 공기를 들이마신다.

이것만으로도 세로토닌이 분비되어 릴렉스 효과를 얻을 수 있습니다.

특히 건물 등에 가로막히지 않고 바닷바람을 실컷 맞을 수 있는 요트 항해는 '알츠바이엔'에 최적입니다.

물론 항해를 하지 않고 해변에서 바람을 느끼는 것만으로도 릴렉스 효과가 있습니다.

밀려오는 파도나 구름을 멍하니 바라보면서 머리카락이나 뺨에 닿는 바람에 몸을 맡겨보시죠.

주위에서 흔들리는 나뭇잎들이나 바다와 하늘 사이에 떠 있는 갈매기를 바라보면 그곳에 부는 바람을 느끼는 것도 가능합니다.

참고로 바다나 하늘의 푸른색에는 숲이나 초목의 초록색과 함께 신경을 진정시키는 작용이 있다고 알려져 있습니다.

바다에 가면 바람도 있고, 푸른 물과 하늘도 있습니다.

마음을 치유하는 효과는 절대적입니다.

일본도 바다로 둘러싸인 섬나라.

잠시 걸음만 옮기면 수도권에서도 해변의 바람을 맞을 수 있습니다.

머리에서 고민이 사라지지 않을 때는 바다에서 실컷 바람을 맞는 것도 훌륭한 닉센이 됩니다.

바다가 가까운 곳에 없을 때는 전망이 좋은 언덕이나 건물 전망대에 올라가는 것도 좋은 아이디어입니다.

사무실에 따라서는 옥상이나 테라스로 나갈 수 있는 곳도 있으므로 일하는 틈틈이 이런 곳에서 바깥바람을 맞는 것도 좋겠죠.

또 자전거로 주위를 한 바퀴 돌며 뺨에 바람을 맞거나 바람이 부는 날에 공원을 산책하는 것도 '알츠바이엔'입니다.

바람에 고민은 날아가고 반대로 새로운 아이디어는 불어 들어온다는 것을 백퍼센트 보증합니다.

'뭐니 뭐니 해도 집이 최고'라는 사고방식

네덜란드의 17세기 황금시대에 전 세계를 항해하며 동쪽 끝 자락의 일본에도 드나들던 네덜란드인.

그 시절의 모험심은 후세 사람들에게도 온전히 전해져서 전 세계 어디를 가도 네덜란드인을 만나지 않는 곳이 없습니다.

모처럼 비경을 구경하러 여행을 왔는데 '여기에도 네덜란드 인이…….' 하고 네덜란드인들끼리 겸연쩍어하는 경우도 종종 있는 듯합니다.

그러나 세계의 아무리 멋진 장소에 가도 자기 집에는 미치지 못합니다.

네덜란드에는 'Oost west, thuis best(뭐니 뭐니 해도 집이 최고)' 라는 속담도 있고, 모두 가족과 지내는 집을 가장 좋아합니다.

네덜란드의 아이들은 열여덟 살 무렵부터 집을 나와 독립생 활을 시작합니다.

도시의 집세는 비싸므로 집 한 채를 몇 명의 젊은이가 공유하 는 '학생 하우스'에 사는 것이 일반적입니다.

주방, 샤워실, 화장실은 공동.

청소나 요리는 순번을 정해서 돌아가며 맡습니다.

네덜란드에서 남자든 여자든 집안일을 할 수 있는 것은 이 영향이 크다고 합니다.

모두 주방에 모여 이런저런 잡담을 나누거나, 때로는 다투기도 하고…… 그곳에서 키운 우정은 평생 갑니다.

전에 같은 학생 하우스에서 살던 친구와 그 후에도 계속 연락을 주고받는 경우는 흔히 볼 수 있습니다.

그중에는 학생 하우스에서 사는 것이 너무 편해 취직하고 나이를 상당히 먹은 후에도 계속 사는 사람도 있을 정도입니다.

친구와 지내는 학생 하우스의 생활은 자유롭고 즐겁지만, 그래도 주말이 되면 모두 본가로 돌아갑니다.

본가에서는 깔끔하게 청소된 기분 좋은 거실과 엄마가 차려주는 맛있는 음식을 먹을 수 있습니다.

아무것도 하지 않는 자신을 용납해주는 부모의 품에서 마음껏 닉센하는 것입니다.

이 습관은 완전히 독립하여 가정을 꾸린 뒤에도 계속하는 사람이 많고, 본가가 가까운 사람은 거의 매주 가족이 모입니다.

본가가 먼 사람은 별로 자주 모일 수 없지만 크리스마스와 누군가의 생일에는 가족이 꼭 모입니다.

시댁이나 처가 식구와는 네덜란드인이라도 좀처럼 닉센할 수 없기 때문에 때로는 남편과 아내가 따로따로 각자의 본가로 가는 경우도 있습니다.

내 시동생도 아내가 바쁘거나 친구와 약속이 있을 때 때때로 딸과 둘이서만 본가에 와서 시아버지가 만들어주시는 맛있는 음식을 배불리 먹고 마음껏 닉센하고 갑니다.

시부모님도 며느리를 신경 쓰지 않고 릴렉스할 수 있으므로 그날을 설레는 마음으로 기다리는 듯합니다.

모두가 행복해지는 합리적인 방법이 아닐까요?

"저 집은 어째서 부인이 오지 않은 거지?"

"부부 사이가 좋지 않나?"

일본에서는 꼭 주위에서 이런 식으로 수군거리는 사람이 있지만, 네덜란드에서는 이런 목소리를 들을 수 없습니다.

설령 그런 목소리가 들렸다 해도 네덜란드인은 분명 이런 주위의 '잡음'을 별로 신경 쓰지 않을 것입니다.

주위 사람이 뭐라 말하든 가족 모두가 행복해질 수 있는 것이니까 그만둘 이유는 없습니다.

우리도 자기 기준을 갖고 주위의 목소리를 너무 신경 쓰지 않고 자신의 닉센을 소중히 해야 한다고 생각합니다.

가족이 멀리 떨어져 있는 사람은 교통비도 부담되고 이동 시간도 걸려서 명절에만 귀성하는 사람이 많은 줄 압니다만, 연휴 등을 이용하여 1년에 한 번 정도는 더 본가에 가는 기회를 늘려보는 것도 좋지 않을까요?

관광지에 가는 것보다 분명 시간은 천천히 가고 닉센도 충분히 할 수 있을 것입니다.

몇 세대에 걸쳐 계속 사는 '집'이라는 곳

암스테르담의 운하를 따라 걸으면 17세기 네덜란드 황금시대의 모습이 남아 있는 건축물들의 장엄한 경관에 압도됩니다.

이 아름다운 건물들은 개보수를 거듭하며 수백 년이 지난 지금도 상점이나 사무실, 주택 등으로 활용되고 있습니다.

암스테르담의 운하를 따라 늘어서 있는 건물 등은 옛날 운하의 배에서 밧줄로 짐을 끌어 올리던 관계로 집이 앞으로 기울어 있거나 수도水道나 배전配電의 위치가 불편해서 밖에서 보는 것만큼 로맨틱하지는 않은 듯하지만, 이런 불편함이나 비용을 감수하면서도 건축물을 소중히 유지·보수하고 있는 것입니다. 모뉴먼트는 아니어도 일반적으로 네덜란드의 건축물은 개보수를 거듭하면서 몇 세대에 걸쳐 사용되고 있습니다.

신축 주택을 사는 사람은 별로 볼 수 없고, 기존 주택이 주택 시장의 주류입니다.

그렇기 때문에 20대, 30대의 젊은이가 우선 1인이나 2인용 아파트를 사거나 임대해서 살다가 가족이 생기면 마당이 딸린 단독주택을 사서 살고, 아이가 성장해서 독립하면 다시 작은 평형의 아파트로 이사 가는 식의 라이프 스테이지(라이프 사이클을 단계별로 나눈 것)에 맞춰 살 집을 바꾸는 것이 대세입니다.

기존 주택의 유통이 활발하면 유지·개보수가 잘된 집은 살 때보다 가격이 올라가는 경우가 많아서 재산 형성에 좋은 역할을 합니다.

반대로 일본에서는 큰마음 먹고 30년 대출을 받아 구입한 집이 20~25년

만에 감가상각되어 대출금을 다 갚았을 무렵에는 가치가 0이 되어버립니다.

대출금을 갚기 위해 직장 생활을 그만두지 못하고 야근을 밥 먹듯 하며 열심히 살았는데 대출금을 다 갚은 후의 자산 가치는 0.

그 주택은 나중에 헐려서 새 건물이 들어서고 또 다음 세대가 30년 대출을 받아······ 주택이 일본인의 행복을 가로막고 있다고 해도 과언이 아닌 듯한 기분이 듭니다.

그러나 전통적으로 일본에도 장기간 사용하는 것을 목적으로 한 훌륭한 목조건물이 많습니다.

이런 전통도 되돌아보면서 일본인이 기존 주택을 개보수하며 오랫동안 사용하는 것을 목표로 하면 틀림없이 좀 더 여유 있는 생활을 보낼 수 있게 될 것이라 생각합니다.

V

너무 애쓰지 않는 인간관계

– 수고와 비용과 허세는 금물

가족이나 친구와의 화목한 시간은 우리가 릴렉스하여 닉센하는 것을 도와줍니다.

그러나 친구를 집에 초대하기 위해 대청소를 하거나 아침부터 음식을 준비하거나, 선물을 사려고 돈을 쓰다 보면 오히려 스트레스가 쌓이게 됩니다.

중요한 것은 스스럼없는 친구와 시간을 공유하는 것.

돈이나 수고를 들이지 않고 허세를 부릴 필요가 없는 관계가 닉센의 기본입니다.

평등한 인간관계

"안녕, 얀!"

아침에 등교할 때 교문 밖으로 아이들을 맞이하러 나온 교장 선생님에게 아이들은 이름을 부르며 싹싹하게 인사합니다.

교장 선생님에게 '얀'이라고!?

일본의 학교 교육을 받은 나에게 이 광경은 몹시 충격적이었습니다.

담임 선생님도 '애니' '마이케' 등 아이들은 이름으로 부릅니다.

그렇다고 해서 선생님을 존경하지 않는 것은 아닙니다.

선생님은 역시 지도자이고, 선생님이 말하는 것은 들어야 합니다.

가정에서는 부모는 대개 '엄마' '아빠'로 불리고 있지만, 이름으로 부르는 아이도 있습니다.

또 아들의 친구가 나를 부를 때는 '아주머니'나 'M군의 엄마'가 아니라 '나마코'입니다.

처음에는 '건방지다'고 상당한 위화감을 느꼈지만, 그것도 익숙해지자 왠지 'M군의 엄마'가 아닌 한 사람의 개인으로 존중받고 있는 듯한 긍정적인 생각이 들어서 희한했습니다.

물론 네덜란드에도 '경어'가 있고, 'Je(당신)'와 'U(귀하)'와 같은 구분도 있습니다.

고객이나 처음 만나는 거래처 상대 등에게는 처음에 '귀하'로 메일을 보내지만, 그 후 상대로부터 '당신'의 호칭으로 답장이 오고, 마지막에 발신인으로서 '얀'과 같이 이름만 쓰여 있으면 그것이 친근함의 신호입니다.

그 후의 메일 교환은 '당신'으로 계속됩니다.

한편 상대가 계속 '귀하'로 자신을 부르는 경우에는 그대로 경어를 쓰며 관계를 유지하게 됩니다.

직장에서의 인간관계도 매우 평등합니다.

상사든 CEO든 대학교수든 서로가 대개 이름으로 부릅니다.

나는 프리랜서로서 브라반트 주정부의 청사에 종종 출입하는데 나 같은 '외부인'에게도 모두 싹싹합니다.

네덜란드는 프리랜서로 일하는 사람이 많고, 조직은 프로젝트마다 이런 외부인을 고용하여 일을 진행하는 것이 주류인데, 프리랜서도 정규직원과 동등하게 프로젝트 안에서 매우 중요한 역할을 맡는 경우가 종종 있습니다.

나는 일본인 비즈니스맨과 만날 때도 있는데, 내가 '프리랜서'라고 말하면 대번에 함부로 대하는 경우가 있어서 그럴 때는 '역문화충격'을 받습니다.

일본의 경우는 역시 조직에 소속되어서 확실한 직책이 없으면 신뢰를 받지 못하는 경우도 많고, 프리랜서는 아직 떳떳하지 못하구나, 하는 생각도 들었습니다.

그러나 최근에는 일본에서도 조직의 형태가 점점 '프로젝트형'으로 옮겨가며 전문성을 갖춘 프리랜서 등이 프로젝트마다 모이는 방식이 늘어나고 있습니다.

이렇게 되면 직책은 의미가 없어지고, 그 사람이 어떤 사람이고 무엇을 할 수 있는지와 같은 개인의 자질과 능력이 중요해집니다.

일본에서도 프리랜서 인구가 늘어나고 일하는 방식이 다양해지면, 직장의 인간관계도 자연스럽게 평등한 것으로 옮겨갈지도 모릅니다.

또 직책에 상관없이 모든 직원을 '○○씨'라고 부르며 직장의 인간관계를 평등하게 만들어가려는 시도가 보이는 등 일본의 조직도 변화하고 있습니다.

직장의 인간관계가 평등해지면 동료와의 커뮤니케이션이 원활해지고, 모두가 의견을 제시하기 쉬운 분위기가 만들어집니다.

그것은 프로젝트를 창조적이고 효율적으로 진행하는 데 중요한 것입니다.

게다가 직장의 인간관계가 평등하면 직장은 좋은 의미에서 릴렉스한 환경이 되고, 서로 휴가를 잡거나 정시에 퇴근하는 데에도 주저하거나 눈치를 보는 일이 사라지지 않을까요?

허세를 부리지 않는 포틀럭 파티

네덜란드의 학교는 9월에 새 학년이 시작됩니다.

따라서 여름방학 전인 6월 무렵이 되면 학년말 '학급 파티'라 느니, 지역 축구팀의 '회식', 졸업 전의 '이별 소풍', 친구끼리 각자 음식을 가지고 모이는 포틀럭 파티 등이 열리는 기회가 많아집니다.

이런 파티의 장소는 대개가 공원의 큰 나무 아래.

상쾌한 초여름 바람을 맞으며 아이들은 공원에서 뛰어놀고 어른들은 테이블 주위에 서서 음식을 둘러싸고 환담을 합니다.

포틀럭 파티에 일본인인 나는 종종 김초밥을 싸 갑니다.

초밥은 네덜란드에서도 인기가 높습니다.

시간과 품이 꽤 들지만 모임에서 유일한 일본인이라는 이유로 왠지 모르게 초밥을 싸 올 거라는 기대를 받고 있는 듯한 묘한 의무감에 사로잡혀 있는 것인데, 어쨌든 모두가 좋아해주는 것이 나도 좋아서 조금 무리를 해도 열심히 만들어 가는 것입니다.

한편 네덜란드인이 가지고 오는 음식은 지극히 단순합니다.

잠깐의 수고가 드는 것은 냉동 파이 반죽에 소시지를 넣어서 오븐에 구운 '소시지빵'이나 토르티야에 햄이나 치즈를 넣고 만 '랩 샌드위치', 포도나 사과 같은 과일을 꼬치에 끼운 것 등이 있는데, 그중에는 바게트를 찢어서 그냥 볼에 담아온 것과 당근을 얇게 썰어서 씻어만 온 것도 있습니다(이 당근은 토끼처럼 그대로 날것으로 아작아작 씹어먹는 것입니다).

너무 간단해서 일본인이었다면 사람들한테 미안한 마음을 가졌을 법하지만, 그들은 생당근과 바꿔서 초밥을 먹으며 "맛있다!"고 좋아합니다.

딱히 모두가 공평하게 수고나 비용을 들일 필요가 없고, 자신이 할 수 있는 범위, 하고 싶은 범위에서 참가하면 된다는 사고방식입니다.

내가 싸 간 김초밥에 대해서도 '만들고 싶으니까 만들었다.'고 생각하는지 필요 이상으로 감사하는 일은 없습니다.

한편, 일본인 주부가 모여서 여는 포틀럭 파티에서는 모두가 솜씨를 한껏 부려서 만들어온 근사한 요리가 테이블 위를 가득 채웁니다.

그 음식의 아름다움, 즐거움이란…….

이것은 생당근이나 바게트로는 도저히 맛볼 수 없는 더없이 행복한 시간입니다.

단지 그 감동의 뒤편에는 일본인 주부의 노력이 있습니다.

'사람들에게 맛있는 음식을 대접하고 싶다.'는 마음으로 수고와 시간을 들여서 요리를 하는 것은 매우 즐거운 일이지만, 허세나 의무감에서 만드는 요리로 녹초가 되어버리는 것은 즐겁지 않습니다.

원래는 바쁜 일상을 보내는 서로에게 "수고하셨습니다!"라고 위로의 말을 건네야 하는 모임인데 '어휴! 지겨워.'라고 생각하게 되면 본말이 전도된 것입니다.

설령 결과적으로 맛있고 즐거운 시간을 보냈다 해도 그것을 준비하는 시간과 수고가 지나친 것은 어떨까 하는 생각입니다.

가장 중요한 것은 친구끼리 편하게 모여 즐거운 시간을 공유하는 것.

바쁠 때는 제철 과일이나 단골 빵집에서 사온 빵으로 모임을 하는 것도 좋을지 모릅니다.

모임 장소도 누군가의 집에 모이기보다는 공원에서 돗자리를 깔고 소풍처럼 하거나 바비큐를 할 수 있는 야외 시설을 빌리면 마음이 편하고 뒤처리를 하는 수고도 덜 수 있습니다.

또 모이는 인원수도 집보다 많아지므로 포틀럭 파티를 하기에는 편리합니다.

도쿄나 오사카 같은 대도시에서는 많은 사람이 모여 '홈파티'를 열 수 있는 대여 공간도 있습니다.

주방이 딸린 곳도 있으므로 이런 장소를 이용하여 집에서 하는 것처럼 편하게 파티를 즐기는 것도 좋은 방법입니다.

부담 없이, 허세를 부리지 않고, 즐겁게 닉센하는 것이 목적입니다.

파티 음식으로 생당근은 너무 성의가 없으니 때로는 과감히 음식은 생략하고 모임을 해보는 것도 좋지 않을까요?

생일 파티는 커피와 케이크만으로

네덜란드인은 어른도 생일 파티를 합니다.

생일은 많은 꽃이나 선물을 받고, 축하 인사를 듣는 날인데, 동시에 생일을 맞은 당사자가 가족이나 친구에게 케이크나 음료수를 대접하는 날이기도 합니다.

직장에서도 평소 신세를 지고 있는 동료에게 케이크나 과자를 나누어줍니다.

직원이 많은 큰 회사라면 거의 매일 생일을 축하해야 할 일이 생기기 때문에 한 달에 한 번 그달에 생일이 있는 사람들이 함께 케이크를 사서 합동 생일 파티를 여는 곳도 있다고 합니다.

생일 파티를 집에서 하는 경우는 대개 주말 오후나 밤에 하고 10~20명의 가족과 친구가 초대됩니다.

그렇게 많은 사람이 모이면 분명 힘들 텐데 싶겠지만, 여긴 네덜란드입니다.

생일이라고 대접하는 것은 대개 커피와 케이크밖에 없으므로 별로 수고스럽지 않습니다.

어른의 생일 파티에서는 모두가 생일 축하 노래를 부르거나 촛불을 끄는 것이 아니라 모두 케이크를 한 조각씩 먹으면서 거실에 둥글게 늘어놓은 의자에 앉아 옆 사람과 담소를 나눕니다.

초대받은 손님끼리는 별로 친하지 않은 경우도 많으므로 의자를 듬성듬성 놓는 경우도 있습니다.

봄과 여름의 생일 파티에는 바비큐도 인기가 많습니다.

날씨가 화창한 주말 오후에 테이블이나 의자를 정원에 내놓고 모두 맥주와 소시지 따위를 먹으면서 파티를 즐깁니다.

바비큐도 간단하고, 햇볕을 쬘 수 있는 파티는 '닉센도'가 높으므로 겨울에 생일이 있는 사람이 여름까지 생일 파티를 미루는 경우도 있습니다.

밤에 하는 생일 파티는 좀 더 마음이 편합니다.

손님에게 대접하는 것은 대개 주류와 **땅콩**뿐.

모두가 술이 세서 음식이 부족해도 개의치 않고 맥주와 와인을 마시면서 밤늦도록 **이야기꽃을** 피웁니다.

파티는 밤 7~8시에 시작되지만, 한밤중까지 이 상태가 이어집니다.

밤 7시에 시작되는 파티라 저녁 식사가 나오는 줄 알고 빈속에 갔더니 아무리 기다려도 땅콩과 주류밖에 나오지 않았다는 괴로운 경험을 한 외국인도 적지 않습니다.

네덜란드인의 파티에서 음식을 기대하는 것은 금물입니다.

네덜란드인에게 생일은 무엇보다도 소중한 날입니다.

따라서 손님뿐만 아니라 자신이 즐거운 것이 중요합니다.

허세도, 과시도, 사진발도 필요 없습니다.

진수성찬을 차려놓고 배불리 먹기보다는 함께 즐거운 시간을 공유하는 것에 의미가 있습니다.

가족이나 어릴 적 친구와의 추억 이야기는 자신의 인생을 되돌아보면서 닉센하는 기회가 되기도 합니다.

한편, 네덜란드에 15년째 살고 있는 나는 네덜란드 문화에 충분히 익숙해졌다고 생각하는데도 내 생일 때는 나도 모르게 김초밥을 만들거나 직접 케이크를 만들기도 합니다.

모두가 환담하고 있는 사이에도 커피를 대신할 것을 만들거나 과자를 채워 넣는 등 혼자 분주히 움직입니다.

정신을 차리고 보면 모두와 즐겁게 환담하기보다도 음식 시중을 드느라 정신이 없어서 모처럼 모인 친구들과 거의 이야기를 나누지 못한 적도 있습니다.

파티가 한창일 때 "나오코도 이제 좀 앉아서 쉬어."라는 말을

들은 적도 있습니다.

　진수성찬보다도, 세심한 서비스보다도, 가족이나 친구에게도 정말로 즐거운 것은 생일자와 느긋하고 여유롭게 공유하는 시간일 것입니다.

　생일자가 분주하게 이리저리 뛰어다니는 상태에서는 손님도 느긋하게 즐길 수 없지 않을까요?

　올해 내 생일에는 저녁 식사 후에 주류와 땅콩만 놓는 것을 한번 해보려고 마음먹고 있습니다.

축의금도 답례품도 존재하지 않는다!

닉센할 수 있는 생활에는 아직 부족하다며 지나치게 욕심을 부리는 생활로부터 벗어나는 것이 중요한 포인트가 됩니다.

더 많은 돈이 필요하니까, 더 높은 명성을 얻고 싶으니까, 더 충실하게 노후를 대비하고 싶으니까, 더 열심히 일해야 해.

지금 가족과의 시간을 즐기거나 여유가 있는 생활을 즐기기 위해서는 돈을 쓰지 않고, 돈에 얽매이지 않는 생활 방식도 필요합니다.

사람이 평생 가장 많은 돈을 쓰는 것은 결혼식 때일 것입니다.

많은 사람에게 결혼식은 평생에 한 번밖에 없는 경사스러운 무대입니다.

두 사람에게 특별한 날로 만들고 싶다는 마음은 전 세계 어느 나라에서도 공통된 마음입니다.

일본의 친구들이 결혼하기 시작한 것은 거품 경제가 붕괴된 후였으므로 피로연에 곤돌라가 등장하는 화려한 퍼포먼스는 더 이상 볼 수 없었지만, 그래도 호텔에서 호화로운 만찬 모임을 여는 등 꽤 많은 돈을 썼습니다.

한편, 네덜란드는 매우 간소해서 많은 사람이 시청에서 결혼식을 올립니다.

시청이라 해도 청사에서 예식을 올리는 것이 아니라 결혼식용 방이 따로 있습니다.

우리도 네덜란드의 중부 도시인 위트레흐트의 시청에서 결혼식을 올리고 그 후에는 근처 호텔에서 간단한 리셉션 파티를 열었습니다.

5월의 화창한 날, 호텔 정원에서 음식과 간단한 다과를 즐기면서 가족이나 친구들과 이야기를 나누고, 사진을 찍고……

밤에는 레스토랑으로 옮겨서 극소수의 친지와 친구들 서른 명 정도를 초대해서 만찬을 즐겼습니다.

우리는 꽤 호화로운 호텔을 이용했지만, 그 비용은 전부 해서 5,000유로(약 660만 원) 정도.

젊은 커플에게는 그래도 큰 지출이지만 일본처럼 1,000만 원에서 2,000만 원이나 드는 것은 아닙니다.

또 리셉션 때 신랑 신부는 모든 사람에게 선물을 받는데, 그것도 예를 들면 액자라든가 커플용 머그잔 등 매우 소박한 것입니다.

축의금을 내는 관례도 없고, 답례품도 없습니다.

장례식도 일본에 비하면 간소합니다.

장례식장이나 교회에서 관을 앞에 두고 가족과 친구들이 고인을 위해 작별 인사를 하고 찬송가를 부릅니다.

그리고 근처 카페나 장례식장의 부속 시설에서 샌드위치와 커피, 수프 등을 대접받습니다.

관에 장식하는 꽃을 선물하는 사람은 있지만, 부의금 등은 일절 없습니다.

일본에서는 부의금으로 장례 비용을 충당하는 경우가 많고, 그것이 유족을 돕는 일종의 지혜라고 생각하지만, 부의금에 대한 답례를 해야 한다는 관례가 또 매우 성가신 일입니다.

이러한 관례가 번거로워서 오사카 등지에서는 최근에 부의금을 받지 않는 대신 답례품도 주지 않는 합리적인 장례 풍습이 늘어나고 있는 듯하지만, 전국적으로 보면 아직은 이러한 관례가 일반적입니다.

또 불교의 경우는 '계명戒名(죽은 사람에게 붙여주는 이름)' 등에도 많은 돈이 들기 때문에 전체적으로 보면 일본 쪽이 역시 금전적으로나 정신적으로나 부담이 더 큰 것이 사실입니다.

묘는 토장인 경우는 개인이나 가족묘를 구입하지만, 화장인 경우는 묘를 임대하는 경우가 많고, 임대료도 연간 10만 원 정도입니다.

그리고 몇 년 후에 묘의 임대 계약을 해지하는 경우는 고인의 유골을 특정한 장소에 뿌리거나 액세서리 등으로 가공하여 유족이 몸에 지니곤 합니다.

관혼상제는 나라별로 문화의 차이가 꽤 나기 때문에 일본을 네덜란드식으로 바꿔야 한다고는 말할 수 없지만, 돈을 쓰는 방법, 부의금이나 축의금의 존폐는 고민해볼 필요가 있을지도 모릅니다.

일본인 중에서도 살아 있을 때 미리 자신의 장례식 계획을 짜놓고 부의금을 받지 않는 대신 스스로 장례 비용을 준비해놓는 사람도 있습니다.

결혼식에서는 축의금을 받지 않는 대신 답례품도 주지 않는 사람도 있습니다.

인생의 여러 고비는 그냥 그 자체만으로도 스트레스가 쌓이는 경우가 많습니다.

돈 걱정을 조금이라도 덜 수 있다면 심리적인 여유가 조금은 더 생길지도 모릅니다.

너무나 소박한 선물

생일, 입학식, 연말연시, 백중, 크리스마스…… 선물을 잘 주고받는 일본인은 선물 때문에 고민하는 일이 많을 것입니다.

인맥이 넓은 사람은 연간 선물 비용을 합해보면 상당한 금액이 되지 않습니까?

네덜란드에서도 생일이나 크리스마스에 더해 이제까지는 별로 선물을 주고받지 않았던 어머니의 날, 아버지의 날, 밸런타인데이 같은 날에도 점점 광고의 영향으로 선물을 주고받는 일이 늘어나고 있습니다.

그러나 그 내용은 일본에 비하면 정말로 소박합니다.

예를 들어 아기의 생일 축하 선물로 침받이, 작은 인형, 그림책 등…… 가격도 1만 원 정도로 저렴한 편입니다.

결혼 축하 선물로도 일본이었다면 축의금으로 수만 엔을 건넸을 텐데 네덜란드에서는 좀 과하다 싶은 것도 20~50유로(2만 6,000~6만 6,000원) 정도의 물품을 건네는 것이 보통입니다.

요즘의 합리적인 커플은 결혼식 청첩장에 '선물 힌트'로서 현금을 의미하는 '봉투 마크'를 인쇄하고 있습니다.

그래도 현금을 건네는 것은 왠지 꺼림칙하다는 사람이 많아서 20~50유로 정도의 도서상품권이나 상품권을 건네는 사람이 많습니다.

물론 '답례품'을 주는 관례는 없습니다.

주는 쪽도 받는 쪽도 정말 마음이 편합니다.

어떤 상황에서도 선물로 가장 대중적인 것은 꽃다발일 것입니다.

축하의 자리가 화사해지고, 누구나 반기는 선물.

가격도 10유로만 내면 멋진 꽃다발을 살 수 있습니다.

네덜란드는 원예 왕국인 만큼 꽃집뿐만 아니라 슈퍼마켓이나 주유소에서도 큰 꽃다발을 팔고 있으므로 선물 사는 것을 깜빡 잊었을 때도 그날 바로 준비할 수 있는 편리한 선물입니다.

네덜란드에서 가장 많은 선물이 오가는 때는 12월입니다.

우선 12월 5일 밤에는 '산타클로스'가 아닌 '신타클로스'가 찾아와서 아이들에게 줄 선물을 두고 갑니다.

이 신타클로스를 일설에는 산타클로스의 원형이라고도 하는데 네덜란드의 아이들에게는 크리스마스보다 이날이 메인입니다.

신타클로스에게서 많은 선물과 과자를 받는 1년 중 가장 즐거운 날입니다.

12월의 또 다른 이벤트는 크리스마스.

이날은 일본의 설날처럼 가족이 모여 맛있는 요리를 먹거나 게임을 하며 즐거운 시간을 보냅니다.

그리고 선물 교환.

우리 집에서도 친척들이 모여 선물 교환을 하는데 그 수가 정말 많습니다.

선물을 한 사람당 몇 개씩 준비해야 합니다.

크리스마스트리 주위에 모인 선물은 반짝반짝 빛나는 보석산 같아서 그것만으로도 심장이 뛰는 광경입니다.

선물에는 각각 '소피에게, 요스로부터' '페터에게, 파스칼로부터'와 같이 매직으로 이름이 쓰여 있고, 아이들이 그것을 보면서 순서대로 모두에게 선물을 나눠줍니다.

그러나 화려한 선물 상자 안에서 어떤 보물이 나올지 잔뜩 기대하고 열어보면 내용물은 정말로 심플!

올리브오일이나 소금, 와인, 초콜릿 등, 평소에는 자기 돈 주고 사지 않을 만한 조금은 고급스러운 식자재가 우리 집에서는 인기입니다.

그 외에 향이 좋은 비누나 샴푸와 같은 소모품.

옷이나 액세서리보다 취향의 호불호가 덜하고, 집에 물건이 쌓이지 않고, '달갑지 않은 선물'이 되기 어려운 선물입니다.

게다가 전구가 점멸하는 넥타이나 100유로 지폐가 인쇄된 화장지, 순록 뿔 손잡이의 서류 가방…… 등등, 무심코 웃음을 터뜨리게 되는 장난스러운 선물도.

모두가 웃음을 짓게 되는 선물은 이것으로 충분합니다.

먼 친척보다 가까운 이웃

가족이나 친구와의 화목한 시간은 우리가 닉센하기 위한 중요한 시간이지만, 서로 멀리 떨어져서 사는 경우에는 모이기 위해 미리 날짜와 시간을 정하고 약속해야 합니다.

그에 비해 가까이 사는 사람들과의 교류는 마음이 좀 더 편합니다.

미리 약속하지 않아도 주말 아침에 집 앞에서 재활용 쓰레기를 버릴 때 우연히 만나 "괜찮으면 지금 커피 한 잔 하러 오지 않을래?"라고 즉석에서 티타임이 성사됩니다.

평소대로 집에서 평상복 차림으로.

이웃 간의 티타임에는 딱히 케이크나 과자도 필요 없습니다.

집에 있는 쿠키를 꺼내 줄 수도 있지만, 군것질거리가 없는 경우도 다반사.

커피(또는 차)와 즐거운 대화만 있으면 그것으로 충분합니다.

최근에 생긴 새로운 가게 이야기, 이웃의 아무개가 이사 간다는 소식, 지붕에 태양열 패널을 설치해야 할지 말아야 할지, 일이야기, 아이 이야기, 바캉스 때 있었던 일…….

수다는 끝이 없지만, 또 언제든 만날 수 있기에 오래 이야기하지는 않습니다.

한 시간 이내에 잽싸게 끝내고 바로 집으로 돌아가는 것도 편한 점입니다.

이웃끼리 저녁 식사에 초대할 때도 정말 간단합니다.

평소에 먹는 대로 손님이 온다고 해서 특별히 가짓수를 늘리거나 하지도 않습니다.

나는 아이와 함께 가기 때문에 아이들이 좋아하는 네덜란드 풍 팬케이크(크레이프처럼 얇고 쫄깃한 케이크)나 프라이드 포테이토라도 대접받는 경우가 많지만, 그 외에는 방울토마토나 오이 등을 썰어놓은 것이 다고 샐러드를 만드는 수고조차 하지 않습니다.

처음에는 '응? 이게 저녁 식사야?' 하고 조금은 실망했지만, 익숙해지자 서로에게 신경 쓰지 않고 편해서 기분이 좋습니다.

네덜란드에서는 이웃끼리 집 열쇠를 맡기는 것도 흔한 일입니다.

문이 자동으로 잠기게 되어 있는 집이 많기 때문에 집 안에 열쇠를 놔둔 채 외출해버리면 나중에 들어오지 못하고 쩔쩔맵니다.

그럴 때를 대비해 믿을 수 있는 이웃끼리 집 열쇠를 서로에게 맡기는 것입니다.

또 바캉스 등으로 집을 비울 때 이웃에게 우편물을 받아주거나 동식물을 돌봐달라고 부탁하는 경우도 많은데 그때 그들은 맡아놓은 열쇠로 집 안에 들어갑니다.

우리 가족은 여름방학 때 장기간 일본에 가 있기 때문에 이런 이웃의 도움이 정말 유용합니다.

물론 내가 그들이 집을 비울 때 동식물을 돌봐주는 일도 종종 있습니다.

우편함에 꽂혀 있는 편지를 책상 위에 가져다 놓거나, 베란다에 있는 식물에 물을 주거나, 하루에 한 번 거북이에게 먹이를 주러 가거나…….

전에 이웃에 살던 한 집에서는 아이가 이구아나를 키우고 있어서 그들이 휴가 중일 때 매일 살아 있는 귀뚜라미를 그 이구아나에게 주러 다닌 적도 있습니다.

당뇨병에 걸린 고양이를 돌보러 하루에 두 번 인슐린 주사를 놓으러 간 적도 있었습니다.

소중한 애완동물을 돌보는 일은 그 나름의 책임감을 동반하여 성가신 적도 있지만, 그것은 서로가 마찬가지입니다.

나는 휴가 때 외에도 평소 높은 천장의 전등을 갈거나 집 앞 나무의 가지치기를 할 때 이웃 사람의 도움을 받고 있습니다.

일본에서는 이웃과의 교류가 활발하지 못하지만, 좋은 관계의 이웃만큼 의지가 되는 것도 없습니다.

일본 같은 고령화 사회에는 특히 필요한 것입니다.

다행히 일본에서 혼자 살고 계시는 내 어머니의 주위에는 친절한 이웃이 있어서 어머니도 나도 많은 의지가 되고 있습니다.

정말로 감사하게 생각하고 있습니다.

신뢰 관계로 맺어진 편하고 안전한 이웃과의 교류는 서로 도움을 주고받는 우리의 닉센을 지탱하는 것입니다.

'나는 나'이니까 쉬어야 할 때가 있다

네덜란드는 유럽의 소국으로 옛날부터 외국과의 교역이 활발했습니다.

그 때문에 옛날부터 이문화와 접할 기회가 많았고, 그 다양성을 받아들이는 너그러움이 네덜란드의 국민성으로 존중받고 있습니다.

거리를 걸으면 다양한 문화적 배경을 가진 다양한 인종이 오갑니다.

이민자에 의한 범죄의 증가 등으로 유감스럽게도 최근에는 '이민 배척'의 움직임도 보이지만, 그래도 연간 10만 명 이상의 이민을 받아들이고 있습니다.

내가 사는 에인트호번 시에서도 테크놀로지 업계를 지탱하는 엔지니어가 인도나 중국에서 속속 유입되고 있습니다.

다양성은 인종이나 국적, 문화적 배경에 머무르지 않습니다.

성별도, 가족 형태도, 근무 방식도, 정말로 다양합니다.

아이들이 다니는 학교만 봐도 호모섹슈얼(동성애자) 부모(즉 아버지가 두 명 등)가 있는 아이도 있고, 아프리카나 중국에서 입양한 아이, 이혼 등으로 엄마와 아빠의 집을 일주일씩 오가는 아이 등, 정말이지 다양한 가족이 있습니다.

또 여섯 살 무렵부터 트랜스섹슈얼(성전환자)인 것을 공언하고 남자아이였던 아이가 이름도 바꾸고 여자로 사는 아이도 있습니다.

이미 모두가 다르므로 '무엇이 보통이고, 무엇이 보통이 아닌지'와 같은 구별은 없어졌습니다.

"네덜란드에서 '괴짜'가 되는 것은 어렵다."는 말은 이 때문입니다.

아이들도 이런 다양한 환경에서 타인은 자신과 다르다는 것을 자연스럽게 인정하고 있고, '나는 나'라는 감각은 여기에서 확립된 것이라고 봅니다.

한편 일본도 고령화 사회와 세계화의 진전으로 이민을 받아들일 수밖에 없는 상황이 되었습니다.

이민을 받아들이려면 골치 아픈 문제도 많은 것은 사실입니다.

네덜란드도 세수의 많은 부분을 이민자 교육이나 생활보호 등에 충당하고 있고, 이민자에 의한 범죄의 증가나 이민자와 동화하지 못해서 생기는 사회 분열 등도 문제시되고 있습니다.

그러나 나는 완전히 이질적인 사람이 들어오는 것은 사회의 폐쇄성을 타개해주는 것과도 연결된다고 생각합니다.

다양성이 확대되면 주위에 영합하여 '튀지 않는 것'을 걱정할 필요도 없어질 테고, 타인과는 다른 '자기 기준'을 의식할 수밖에 없게 되지 않을까요?

다양한 사람이 교류하며 의견을 내는 환경에서는 새로운 아이디어나 다이내믹한 이노베이션이 생기기 쉽다는 이점도 있습니다.

다양성이 풍부한 암스테르담이나 뉴욕에 젊은 스타트업 기업이 많이 모이는 것도 우연이 아닐 것입니다.

'튀지 않는 것'만을 걱정하는 사회에서는 참신하고 재미있는 아이디어도 생기지 않게 됩니다.

네덜란드 사회의 다양성도 하루아침에 만들어진 것이 아닙니다.

1990년대까지는 '한 집안의 기둥은 남성'이라는 가치관이 일반적이었고, 호모섹슈얼이 자신을 속이고 '보통의 가정'을 꾸려야 하는 시대도 있었습니다.

이러한 가치관을 버리고 개인의 생활 방식이 다양해진 과정에는 남성이 파트타이머로 일하거나 자기 자식이 트랜스젠더인 것을 인정하거나 '나는 나'라고 용기를 내서 행동한 사람이 있었던 것입니다.

닉센하는 것도 용기가 필요합니다.

타인의 시선이나 타인의 사정을 너무 의식하지 않고, 자기 기준을 갖고 행동하지 않으면 우리는 언제까지나 자신을 소중히 할 수 없습니다.

그리고 지쳐서 녹초가 된 자신은 타인을 배려할 여유가 없습니다.

자기가 먼저 충분히 닉센하며 충실한 하루하루를 보낼 때야말로 타인도 소중히 여길 수 있지 않을까요?

용기를 갖고 닉센하는 것은 결과적으로 타인의 '자기 기준'을 인정하고 타인도 도울 수 있게 되는 것입니다.

그런 사회가 되면 직장에서 "먼저 퇴근하겠습니다."라는 말을 하기가 쉬워지고, 자신에게 맞는 진로를 선택하기 쉬워지고, 허세를 부리지 않고 대접할 수 있게 되겠죠.

닉센은 자기답게 인생을 구가하기 위한 첫걸음이라고 생각합니다.

어깨의 힘을 빼고 살아가자

이 책은 닉센하면서 썼습니다.

출판 제의를 받고 나서 너무 기쁜 나머지 교감신경이 흥분해서 한동안은 자판을 누르는 손가락이 뻣뻣이 굳어 있었습니다.

하지만 그러다 '닉센하라고 주장하는 내가 이래서는 안 된다.'는 생각이 든 이후로 일하는 틈틈이 그때까지보다 더 의식적으로 닉센하게 되었습니다.

멍하니 창밖을 바라보기도 하고 마빈 게이의 음악을 듣기도 하고……

특히 베란다로 찾아오는 박새들에게는 많은 도움을 받았습니다.

베란다에 해바라기 씨를 심어보았더니 울새까지 날아와서 나의 닉센을 도와주었습니다.

닉센하면 자연스럽게 호흡이 안정되고 릴렉스되어서 새로운 아이디어가 떠오릅니다.

이것이 없었다면 나는 책을 다 쓸 수 없었을 것입니다.

지금, 나는 자신 있게 모두에게 닉센하기를 권할 수 있습니다.

박새들이 나를 도와주었듯이 바쁜 여러분이 어깨의 힘을 빼는 것에 이 책이 조금이라도 도움이 된다면 그보다 더 기쁜 일은 없을 것입니다.

여러분도 꼭 닉센을 습관화해보십시오.

마지막으로 늘 나를 지지해준 어머니와 이모, 친구 여러분, 천국에서 나를 지켜봐주시는 남편과 아버지, 그리고 이 책을 읽어주신 여러분께 진심으로 감사의 마음을 전합니다.

야마모토 나오코

홀 로 즐 기 는 행 복

Niksen.

한국어판 ⓒ 잇북 2020

1판 1쇄 인쇄 2020년 12월 20일
1판 1쇄 발행 2020년 12월 25일

지은이 | 야마모토 나오코
사진 | 미우라 사키에
옮긴이 | 김대환
펴낸이 | 김대환
펴낸곳 | 도서출판 잇북

책임디자인 | 한나영
인쇄 | 에이치와이프린팅

주소 | (10893) 경기도 파주시 와석순환로 347, 212-1003
전화 | 031)948-4284
팩스 | 031)624-8875
이메일 | itbook1@gmail.com
블로그 | http://blog.naver.com/ousama99
등록 | 2008. 2. 26 제406-2008-000012호

ISBN 979-11-85370-49-1 03830

※값은 뒤표지에 있습니다. 잘못 만든 책은 교환해드립니다.

이 도서의 국립중앙도서관 출판예정도서목록(CIP)은 서지정보유통지원시스템 홈페이지(http://seoji.
nl.go.kr)와 국가자료종합목록 구축시스템(http://kolis-net.nl.go.kr)에서 이용하실 수 있습니다. (CIP제
어번호 : CIP2020050072)

SHUMATSU WA, NIKSEN.
Copyright ⓒ 2020 by Naoko YAMAMOTO
All rights reserved.
Photographs by Sakie MIURA
First published in Japan in 2020 by Daiwashuppan, Inc.
Korean translation rights arranged with PHP institute,Inc. Japan.
through BC Agency

이 책의 한국어판 저작권은 BC 에이전시를 통한 저작권자와의 독점 계약으로 도서출판 잇북
에 있습니다.
신 저작권법에 의해 한국 내에서 보호를 받는 저작물이므로 무단전재와 무단복제를 금합니다.